JN074980

こころの散歩道

松崎運之助

高文研

まえがき

私が通った小学校は、長崎の高台にありました。教室からは港を行き交うフェリーや貨物船がよく見えました。時には豪華な客船が現れたりしました。

窓側に座っていた私は、退屈な授業中、港の船ばかり眺めていました。どこへ行くのだろう。どんな人が乗っているのだろう。ぼんやり考えていると、ラジオの連続ドラマ「紅孔雀(べにくじゃく)」のテーマ曲がどこからともなく聞こえてきます。

すると、「コラ！　よそ見ばすんな！」と、先生の怒鳴り声です。楽しい空想はパチンとハジけました。それでもメゲずに先生のスキをみて港を眺めていたら、窓に花模様の目隠しシールを貼られてしまいました。仕方がないので、今度は教科書のすみっこにパラパラ漫画の船と波を描いて、空想の船旅へ出かけていました。

授業がツマンナクて、退屈でしかたがありません。母によると、通知表には「落ち着きがない」、「集中力が散漫」と書いてあったそうです。

「分散力はいっぱいあるとにね」と、母は笑っていました。

私が小学三年生のころ、保育園に通う妹と弟は、二歳と三歳でした。母は日雇い仕事で朝から夜まで働いていたので、妹、弟の保育園への迎えと、そのあとの子守りは私の役目でした。

どぶ川沿いに建てられたバラックの我が家に着くと、私は家の前にぶら下がっている洗濯物を取り入れ、共同水道まで水くみに行きました。何度か往復して、水ガメに水がいっぱいになると、三人で手をつないで橋を渡り、対岸の国際マーケットへ出かけました。そこはマーケットと言っても市場ではなく、小さなバーやサロンや居酒屋が密集し、狭い路地が迷路のようになっている一画です。そこの共同便所でトイレをすませると、三人でマーケットの迷路を歩き回りました。

路地は狭いので、自動車は入ってきません。私たちは車を気にしないで遊ぶことができました。野良猫を追いかけ、七輪の焼き魚からでる煙をくぐりぬけ、花屋の店先のセキセイインコとおしゃべりをし、空き地でチャンバラやカクレンボウをしました。転んでヒザ小僧をすりむくと、開店準備のおばさんに赤チンをぬってもらいました。

私たちは遊んでいるうちに、たくさんの失敗をし迷惑もかけました。でも、マーケットの大人たちはいたって寛容で、少々の逸脱は大目に見てくれていました。

日が暮れると、三人連れだって、バラックからは少し離れた橋まで、母を迎えに行きます。橋のそばの街灯の下で、影踏み遊びをやりながら母の帰りを待つのです。

母の姿が見えると、私たちは「お帰りなさい！」と口々に叫びながら、母へ向かって駆け出しました。母が帰ってくると、街もバラックの中もパッと明るくなります。そしてにぎやかさにつつまれるのです。バラックには、ラジオも絵本も、もちろんオモチャもありません。私たち子どもは、母と話すことが唯一の楽しみでした。

広さ一坪のバラックに裸電球ひとつの明かりです。それでも母子が額をつきあわせ、互いの体温を感じながらいっぱい話ができることは、なにものにも代えがたい喜びでした。

私たち兄弟は、路地で遊び、路地で学び、路地で育ちました。

中学校を卒業した私は造船所の工員をしながら定時制高校に通い、町工場で働きながら大学の夜間部を卒業しました。そして二七歳で夜間中学の教員になり、二九歳で結婚、二人の男の子を授かりました。

私も妻もフルタイムで働いていましたので、子どもは保育園と学童保育のお世話になりました。今思い返すと冷や汗がドバッと出るような、たどたどしい子育てでした。

当時、それはもう四〇年も前のことですが、私の勤める夜間中学は世間の無理解や偏見に包囲され、生徒の皆さんは厳しい生活を強いられていました。そのうちの何人かが病気に倒れ、そして自死で亡くなりました。この現実に、非力な私はボウゼンと立ちすくんでおりました。家に帰っても夜間中学のことが頭から離れません。子どもの話は上の空で聞いて、ただただ「急いで!」と、わけもなくせかす日々を過ごしていました。

子どもは歩けるようになると世界が広がります。やがて目を輝かせて自分の発見を全身で私に伝えようとします。葉っぱに残る朝露のキラメき。石の上のカタツムリ。水たまりに写る青空と白い雲。アリの行列。ダンゴ虫……。

私は、子どものおう盛な好奇心についていけません。朝は保育園に遅れないように、夜は早く寝るように、ひたすら子どもたちを追い立てていました。

そんなある雨の日のことです。

子どもは雨が大好きです。青色の長靴に緑色の雨ガッパ、黄色い傘をさして、大喜びで外へ飛び出しました。途中、水たまりのなかに入って、飛んだり跳ねたりします。歓声を上げてひとしきり水しぶきをあげると、次の水たまりへ走ります。

いつもは二、三回で、時間がないからと止めさせていました。この日は私が疲れていたせいか、制止しないで子どもの動きをボーッと見ていました。子どもは水たまりから水たまりへとハシャいで渡り歩きます。保育園に着いたときはいつもの倍ぐらいの時間がかかっていました。いつでも子どもの目は生き生きしていて上機嫌です。何がそんなに楽しいのだろう。いつもうつむいて暮らしているような気分の私は不思議に思いました。そこで子どもと別れての帰り道、角を曲がったあたりで水たまりの中を歩いてみました。幸い私も長靴を履いています。

歩いているうちに、水しぶきをあげたくなりました。人目のないことを確かめ、大きく足を踏み出し、バシャバシャと水しぶきをあげて歩きました。

バシャバシャが気持ちいいです。スカッとします。踏み込む足の力で、水のしぶきを変化させられます。面白いです。快感です。

私のなかの子ども心が目覚めました。

楽しいから遊ぶのでなく、遊ぶから楽しくなるのだ。子どもに教えてもらいました。

現実の困難さしか見ていなかった私は、やがて日々の暮らしの中の小さな喜びにも目が向くようになりました。

私たちが何気なく歩いている道には、様々な人たちや身近な自然との出会い、そしてそれらが織りなす小さなドラマにあふれています。そこに少し目を向けるだけで、私たちは今を共に生きているという実感や、明日への希望を膨らませることができるのではないでしょうか。

この本は、月刊『日本の学童ほいく』に二〇一五年四月号から五年間連載した六〇回分のエッセイを収めたものです。

連載エッセイは一貫したテーマや全体を見通した構成のもとに書いたのではありません。私の好きな散歩道界わいの風景と、そこで暮らす人たち、働く母と子どもの日常を、スケッチするように書いたものです。

見慣れた風景にも、ささやかな母子の暮らしにも、心澄まして見れば小さな幸せや感動が光っています。その幸せや感動を少しでもお伝えできれば、著者としてこの上ない喜びです。

こころの散歩道

第三章　最強忍者二人組　87

第四章　ぼちぼちいこか　125

第五章　わたしの青空　163

装丁・イラスト　妹尾浩也（iwor）

第一章

パンの耳の天使

パンの耳の天使

小さな町の裏通りに初老の夫婦が営む自家製パン屋があります。表通りにスーパーやコンビニができたので、最近は客足まばらです。

そのパン屋さん夫婦に聞いた話です。

パン屋を開店した三十数年前のことです。

木曜日の夕方、一袋一〇円の「パンの耳」を買いにくる男の子がいました。小学三年生ぐらいで、耳の不自由な妹といつも一緒です。

木曜日は母親の帰りが遅くなるので、「パンの耳」で空腹をしのいでいるようです。「お金は母親からもらっている」と言います。

「ここのパンの耳はすごくおいしいよ」

男の子に言われてパン屋のご主人は、「おなかすかして食べれば、なんでもおいしいって」とテレていました。

ある日の夕方、店先で兄妹が棒立ちになっていました。兄がポケットに何度も手をつっこんで、そしてくやしそうに帰っていきました。

電話中だった奥さんは、〝お金を忘れたので取りに帰ったのだろう〟と思って見ていました。ところが二人はなかなか戻ってきません。心配になっていつもより三〇分も長く店を開けて待っていたのですが、現れませんでした。

奥さんはくやみました。

「あのとき電話を中断して表に出て、〝お金はいいから〟ってパンの耳をあげればよかった。いまごろおなかをすかせているだろうに……」

ご主人が言います。

「タダで渡すと、逆に子どもにみじめな思いをさせるかもしれない。子どもだってがまんしなければならないときがあるんだよ」

つぎの木曜日、奥さんは手作りのおやつを用意して二人を待ちました。でも姿を見せませんでした。そのつぎの木曜日も、そのまたつぎの木曜日も二人は現れません。

「母親が早く帰れるようになったのかな」

「引っ越ししたのかもしれない」

夫婦はさびしい気持ちで話をしていました。

姿を見せなくなってから五回目の木曜日。二人が来ました。はじけるような笑顔です。

「クリームパンを一つください」

大きな声で男の子がご主人に言いました。

「えっ、パンの耳じゃないの？」

「今日はお母さんの誕生日だから、お母さんにクリームパンを買ってあげるの。お金は、パンの耳をがまんして貯めたんだよ」

握りしめていた一〇円玉五枚を見せます。

「それで来られなかったんだ。でも偉いなあ」

ご主人の声が潤んでいます。

「ところで前に、店先まで来て帰ったことがあっただろう。あれはどうして？」

「ポケットの破れからお金を落としちゃった。ずっと探したけど見つけられなくって……」

「大変だったね……」、ご主人は涙声です。

奥さんがきれいな箱にクリームパンを入れ、リボンで結わえて男の子に渡しました。箱には奥さん手作りのおやつも入れてあります。

ぴょこんとお辞儀をし、大事に箱をかかえ、妹と手をつないで店を出る男の子。夫婦は目頭を熱くして後ろ姿を見送っていたそうです。

僕たちの寄り道

今日からマサルは二年生。ランドセルから一年生の印だった黄色いカバーを外し、黒色を光らせて登校します。マサルには、このランドセルをまっ先に見せたい人がいます。学校近くの交差点に立っている元気おじさんです。毎朝、子どもたちに、「おはよう！」と声をかけ、ハイタッチをしてくれます。

マサルは心をはずませて交差点に着きました。ところが、元気おじさんがいません。青信号になり、横断歩道をいつもの白線跳びでポンポンと渡っても、「おはよう！」とハイタッチしてくれるおじさんがいないのです。

しかたなく車止めの安全ポールにタッチしましたが、がっかりです。自慢のランドセルも見せることができません。

元気おじさん、病気かな？　学校でも気がかりでなりません。始業式が終わり、「寄り道をしないで、まっすぐおうちに帰りましょう」という先生の言葉にもうわの空です。

学童クラブへの道はいつもと違う道を通ることにしました。二年生になった記念です。もちろん仲よしのケンタと一緒です。

初めての路地は少し緊張します。コンビニから右に入り、住宅地を抜けました。すると、ゆるやかに曲がった道路に出ました。

クリーニング店やパーマ屋さんや中華屋さんが並んでいます。古びた感じの商店街です。自動車の修理工場の向こうには畑が見えます。

シャッターの下りた店の前に赤い丸型のポストがありました。マサルが知っている町の郵便ポストはみんな四角です。店の飾りか置物だろうと近づいてみました。

そこへ狭い路地からおばあさんが現れ、手紙をポストに入れました。そしてポストに手を合わせて、また路地へ去っていきました。

「ポストをおがんでいた……」

二人はあっけにとられました。

突然、ポストのそばのシャッターがガラガラっと上がって、なかから車イスが出てきました。おばさんに押されている車イスには、あの元気おじさんが乗っていたのです。

二人はびっくり仰天、かけ寄りました。

おじさんはランドセルを指さして、笑顔で「グッ！」と言いました。いつもの声ではありません。しぼり出すような声。でも二人にはおじさんの言葉がわかりました。

二人は車イスを押させてもらいながら、おばさんから元気おじさんのことを聞きました。

おじさんは学校が春休みのときに病気で倒れ、歩くことや話すことが不自由になりました。そして今日から遠くの病院にリハビリ入院するのだそうです。

駐車場には息子さんとワゴン車が待っていました。そこでおじさんと別れました。別れぎわ、「おじさん、がんばって！」と、両手にタッチしました。おじさんは親指を立てて、笑顔で「グッ！」と言いました。

おばさんに学童クラブへの近道を教えてもらい、二人は学童クラブへ向けて全速力で走り出しました。

お母さんのごくらくイス

今日はこどもの日。駅に近いショッピングモールは親子連れで大にぎわいです。喫茶店での待ち合わせにはまだ間があったので、二階の本屋さんで時間をつぶすことにしました。

エスカレーターのところで、カートを押してくる顔見知りの山口さん親子に会いました。

「昼間の星を見たよ！」

兄のアキラが興奮した口調で言いました。

「昼間に星は見えないでしょう？」

「見えたよ。白く光っていたんだもん」

山口さんが解説してくれました。

「児童館の天体望遠鏡で、昼の星の観察会をやっていたんです」

「私は絵本を読んでもらったよ」

妹のアカネがまけじと言います。児童館で絵本の〝読み聞かせ〟をやっていたようです。

「こどもの日だけど、お金のかかりそうなところへは連れていけなくて……」と山口さん。

「うちへ帰ったらお母さんと一緒にカレーライス作るんだよ」

「じゃがいも、にんじん、たまねぎ……、いっぱい買わなくちゃ」

子どもたちはワクワクがはじけています。

山口さんとは、朝の保育園でよく出会いました。夕方までクリーニング店で働き、夜は中華屋さんで洗い場や配膳の手伝いをしています。ときにTシャツを後前に着ていたり、髪にカールをつけたままだったりして、毎日全力で生きている様子が伝わってきました。

アキラの卒園式のとき、子どもたちが歌う『思い出のアルバム』を聞いて、号泣していました。

赤ちゃんで入園した子が、もうすぐ小学一年生。その間に下の子を出産、離婚、転居、父親の死去。シングルマザーとしてフル回転の仕事や育児……。そんな日々がどっと思い出されたのでしょう。

そばにいた四歳のアカネがびっくり。母親の額に手をあてて、「お母ちゃんのかなしいの、飛んでいけ！」と何度も言っていました。

そのしぐさに会場じゅうがもらい泣き、そんなことを思い出しました。

今頃は三人でいっぱい話をしながら買い物をしているだろう、と思いながら本棚を眺めていました。何冊目かの本を取り出したとき、アキラとアカネがやってきました。

「買物、すんだの？」

「うん、ばっちり！」

「サラダのきゅうり、私がえらんだよ」

「あれ、おかあさんは？」

「向こうの〝ごくらくイス〟だよ」

二人は漫画コーナーへ走っていきました。

ごくらくイス？

私は待ち合わせの時間が近づいてきたので、下りエスカレーターに向かいました。途中、展示されている電動マッサージチェアに、山口さんが座っていました。〝ごくらくイス〟とは、このことだったのです。

背もたれを倒して目を閉じて、すっかり寝入ってしまっているようです。子どもたちは、母親のしばしの安息をじゃましないよう、本屋さんにやってきていたのですね。

おちゃにしよう

ゆかりさんは会社を早退して、小学二年生のハヤトの学校の保護者会へ出かけました。通り雨はもうやんでいます。水たまりには青空が映り、生け垣の葉は水滴を輝かせています。いいことがありそうな昼下がりです。

ところが、ゆかりさんは担任の先生にガツンと言われてしまいました。

「ハヤト君、授業中のおしゃべりは多いし、宿題もよく忘れます。学習は遅れがちです。おうちでも勉強を見てあげてください」

たしかに勉強は見ていません。一人親で、仕事や家事で手いっぱい、余裕がないのです。ハヤトの机の中には丸めたプリントがぎっしり。見ると二〇点とか三〇点とかで、『ドラえもん』の落書きなんかしています。

校門を出て、ため息をひとつ。

それから三歳の娘のサヤカを迎えに保育園へ急ぎ、スーパーで買い物をして帰宅しました。うちではハヤトがテレビを見て笑っていました。ランドセルは放り投げたままです。

「テレビなんか見てないで、サッサと宿題やりなさい！　ランドセル片づけなさい！」

ゆかりさんのイライラが爆発しました。それから急いで夕食の支度をし、食べさせて、洗濯機を回し、子どもたちを風呂に入れます。

娘への寝る前の絵本読みは、母の不機嫌を察知したハヤトがやってくれました。

ゆかりさんは、テーブルを拭き、風呂場を洗い、洗濯物を天井に干します。

絵本で妹を寝かしつけたハヤトは、テーブルでのろのろと宿題をやりはじめました。

洗濯物を干し終えたゆかりさんもハヤトの横で、学童クラブの連絡帳を開きました。

『今日も元気いっぱい遊んでいました。子どもは元気が一番です。追伸、ハヤト君が昼休みに学童まで走ってきて、習字用の新聞紙がほしい、というので渡しておきました』

「ハヤト、新聞紙忘れたの！　ったく、もう」

「あれはジュンの分だよ。ジュンの家、新聞とってないから新聞紙ないんだって。忘れものでいつも叱られているから、また叱られたらかわいそうだと思って、学童に走った……」

その友達思いにゆかりさんは胸が熱くなり、イラついていた自分が恥ずかしくなりました。

「ハヤト、お茶にしようか」

流しはまだ食器のヤマです。でもいまはこのやさしい気持ちを大切にしたいと思いました。

久しぶりに花柄コースターを出し、白いカップをのせて温かいミルクティーを入れます。

職場でもらったクッキーを一枚添えると、

「なんか、パーティーみたいで楽しいね」

ハヤトの声が弾んでいます。

「パーティーだとすると、天井の洗濯物はシャンデリアね」

「ヒエー、洗濯物がシャンデリアだって」

ハヤトがズッコケて笑いました。つられてゆかりさんも笑いました。笑いながら、今日初めて笑ったことに気がつきました。

明日はもっと親子で笑っていたいなあ、しみじみ思ったものでした。

朝顔が咲いたよ

私が小学校三年生のときのことです。一学期最後の日に朝顔の鉢を持ちかえりました。みんなの朝顔はつるをよく伸ばし、花やつぼみをつけていました。私のは成長が悪く、葉もつるも縮こまっているようでした。

どぶ川の橋のそばに、ひしめいて建っているバラックの一角が私の家です。朝顔の鉢を道路に置いて、外干しの洗濯物をかきわけて戸を開けます。薄暗い部屋にランドセルを放り投げたら、水くみです。

一〇〇メートルほど離れた共同水道から水をくんできて、水がめいっぱいにしておくのが私の役目でした。水くみが終わると、母がふかしてくれたサツマイモを食べます。

包んである広告紙のウラに、ときどき母からのひとことが書いてあります。この日はどうかな？　期待して見ると、書いてありました。

「一がっき、がんばりましたね。かあちゃんもたすかりました。ありがとう」

うれしくて、張り切って妹弟を保育園に迎えに行きました。そのあと母が帰ってくるまでの二人の子守も気持ちよくやりました。

朝顔には毎朝水をやり、「花が咲きますように……」と手を合わせていました。でもなかなか咲いてくれませんでした。

日曜日のこと。公園での早起きラジオ体操を終え、バラックの近くまで来ると、朝顔の鉢に白い花が見えました。

花が咲いている！　小躍りして駆け出しました。花のそばに行くと、それは朝顔のつるにちょうちょ結びをした白い紙でした。

結びをほどくと、母からの走り書きが現れました。

「いそぎのようじです。ひるごろかえります。イモをたべていてください」

あとで知ったのですが、その日の朝、母は少し吐血し、心配で病院へ出かけたそうです。日雇いで、男に交じって力仕事をしながら三人の子どもを育てていた母です。疲れもストレスもいっぱいたまっていたと思います。

幸い大事にいたらず、母は薬をもらって帰ってきたそうです。

それから三日目の朝。朝顔が一輪だけ咲きました。待ちこがれていた花は、淡い青色の清楚で涼しげな花でした。

「かあちゃん、朝顔の花が咲いとるよ！」

私は興奮して大声をあげました。母がやってきました。弟妹はまだ寝ています。

「きれかね。みちのすけが一生懸命、世話ばしたけん、こげんきれか花が咲いたとよ」

母は私を抱きしめて言いました。涙が出そうなくらいうれしかったです。母と一緒に喜べる幸せを感じていました。

バラック暮らしでは、みんながその日を生きるのに精一杯で、付近に花のカケラもありませんでした。

「きれかね！」「よう咲いたね！」

住人たちの声が明るく響きます。

一輪の朝顔は、バラックみんなの希望みたいに、ひとときほっこり咲いてくれました。

線香花火のうた

小学四年生の夏休みのことです。カイトが友達の家からの帰り道、突然下腹が鳴りはじめました。トイレをさがしましたが、周りに公園や商店などはありません。

トイレを借りようと、近所の家のブザーを押しました。誰も出てきません。もうダメという状態でたどり着いたのが、ブザーのない家でした。

ドアを引いたら扉が開きました。トイレは玄関横だったので、「トイレ借ります」と叫んで飛び込みました。ふうっと安心してトイレから出ると、おばあさんが立っていました。

「ブザー押しても誰も出てくれないし、もうピンチで……。スミマセン」

このことをお母さんに話したら、「明日お礼に行こう」と言いました。でも翌日、お母さんには至急の仕事が入りました。

そこでカイトは、一人でおばあさんの家に行きました。おばあさんは、「またトイレかい」

と笑っていました。菓子折りとお母さんのお礼を伝えると、「せっかく来たんだから、上がっていきなさいよ」と言われました。

おばあさんは右足が不自由です。小さい頃に父親を亡くしています。母親も八年前に亡くなって、いまはひとり暮らしだそうです。

「僕もお父さんいない」とカイトが言うと、「お母さんがいるからいいよねえ」とのんびり声で言いながら、冷たいカルピスを出してくれました。

それから夏休みの間、ときどき、おばあさんの家へ遊びに行きました。ある日、テーブルに線香花火が積まれていました。保育園の夏祭り用で、ビニール袋に小分けするのだそうです。

「やってみる?」と三本渡してくれました。それを持って夕暮れの玄関先に出ました。高架を明かりをつけた電車が走っていきます。

線香花火に火がつくと、火花がチリチリ踊りだし、おばあさんは小声でつぶやきました。

「最初は蕾、次、牡丹、それから、松葉、最後は、散り菊、線香花火の花が咲く〜」

九月半ばに、久しぶりにおばあさんの家へ行きました。でも何度呼んでも返事がありません。隣の人が顔を出し、教えてくれました。

「遠くの老人ホームに入るんだって。さっきあいさつにきたよ。七時の特急だってさ」

ショックで、帰るとすぐお母さんに報告しました。するとお母さんは、「七時ならあと一〇分ある。カイト、見送りに行くよ！」って、自転車で駅まで一五分はかかる。絶対間に合わない！　でもお母さんは「行くよ！」って、カイトを後ろに乗せると、走りだしました。

行き先は、おばあさんの家でした。

「間もなく特急がそこの高架を通る。おばあさんは必ず窓からこの家を見るでしょう。だから」と、カイトに懐中電灯を渡しました。

お母さんも持っています。

「特急が来たら懐中電灯を振って、〝ありがとう〟ってお礼とお別れをするのよ。いい？」

特急は明かりのかたまりになって現れ、あっという間に闇に消えました。でも懐中電灯を振っているカイトには、列車の窓に一瞬、おばあさんの笑顔が見えたような気がしました。

小さなオアシス

私が長崎の定時制の高校生だったころ、家は小高い山の中腹にありました。学校から歩いて三〇分の帰路は、坂道をひたすら上ります。

途中、墓地があり、そのなかの小道は家への近道でした。墓地の入り口に花や線香などを売っている小さな店があります。

日曜の午後に用事を済ませて坂道を上り、この店でひと休みしました。長崎の街が一望できます。ラムネを飲みながら、愛想のいいおばあさんと話をしました。

私は一八歳の造船工、明日から夜間高校に通い、帰りはここを通る、などと話すと、おばあさんは、一人息子を原爆で亡くし、その子の墓がこの墓地にある。離れていてはかわいそうなのでここに引っ越してきた、などと話してくれました。

おじいさんは梅の木の横で、イスに座って港のほうをぼんやりながめていました。

それから四年。卒業の日に、式を終えたばかりの私は、いつものように坂道を一気に上り、墓地入り口の店まで来ました。

店は閉まっていますが、板戸のすきまから明かりが道路にこぼれています。

この明かりが、暗い夜道を帰る私の小さなオアシスです。いつもここでひと休みします。

眼下には街や港の灯りがキラめいています。

明日の朝、私は長崎を離れます。この夜景も、店からこぼれる明かりも、見納めです。

店の老夫婦に卒業とお別れの報告をしていこうか迷っていましたが、結局、夜の突然の訪問は迷惑だろうと思い、店に向かって小さく礼をして歩きだしました。

そのとき、板戸をガタガタと開けて、おばあさんが出てきました。「やっぱりアンタやったね。ちょっと待っといてね」。そう言うと奥へ引き返し、ガラスのビンをかかえて戻ってきました。

「これ父ちゃんから。卒業祝いの梅酒！」

ラベルには墨字で、〝祝、夜学生〟とありました。

おじいさんが私を激励するために四年前につくり、保存していたものだそうです。

私は大感激、胸がいっぱいになりました。

おじいさんは入院していて不在でした。でも梅酒がおじいさんの心みたいに、きれいなあめ色でとろりと光っていました。

「あんたと初めて会ったつぎの日、父ちゃんがぼそっと言うたとばい。あのにいちゃんのために店の戸ば少し開けておこう、って。

それ以来、私たちは夜の一〇時ごろになると、あんたを待って、小声で話しとった。〝今日は遅かね〟〝鼻歌が聞こえたよ〟〝セキばしとったばい、カゼじゃなかか〟……。

あんたが通りすぎると安心して戸を閉めた。

墓地のそばでの年寄り夫婦の暮らし。夜はだれも通らん。あんたのことばアレコレ話すことが、いつの間にか私たちの生活の彩りになっていたよ。四年間、本当にありがとう！」

私は涙があふれて止まりません。板戸からこぼれる明かりの向こうに、こんな思いがあったとは……。両手で梅酒を抱きしめ、涙をぽろぽろこぼしながら墓地の道を歩きました。

幸せのピンポーン

ピンポーン。日曜日の午後、ジュンがハヤトを迎えに来ました。公園へ行くそうです。

「五時の夕焼け放送までには帰ってきなさい。公園だけで遊ぶんですよ。遠くへ行っちゃダメね。それから……」

「わかってるよ。もう、うるさいなあ」

ハヤトは、めずらしく反抗的な口ぶりで、ドアをバタンと閉めて出かけました。口はマセてきていても小学二年生。ゆかりさんはなにかと気がかりです。

この日も心配したとおり、夕焼け放送が流れ、夕食の支度ができたのに、ハヤトは帰ってきません。公園へ迎えに行こうとしたところへ、ピンポーンとチャイムの音です。

インターホンに出ると、「ハヤトくんで～す」と、ひょうきんな声。

ゆかりさんの怒りが爆発です。

「何時だと思ってるの！　ったく、もう」

ハヤトは玄関先で固まったか、上がってきません。ゆかりさんが行くと、片足がハダシで、靴を手に持っています。

靴のなかにはザリガニです。川で見つけたけれど入れ物がないので靴に入れたと言います。

「バッカじゃないの！　あのネ、うちじゃザリガニ飼えないの。川に返してきなさい！」

その剣幕にさすがのハヤトも恐れをなして、公園へ駆けだしました。が、すぐにピンポーンが鳴りました。ゆかりさんは、ハヤトが心細くなって引き返してきたと思いました。

ところがそれは、木曽の友人からの宅配小包でした。ひだみ（ドングリ）まんじゅう、しそジュース、スンキ（かぶの葉）漬け、採れたて野菜が入っていました。

木曽はゆかりさんの故郷です。先日、その友人に電話を入れました。ふるさと言葉で盛りあがっているうちに、ゆかりさんはつい職場の悩みをグチってしまいました。

そのことを気にしてくれたのか、添えられた友人の手紙には、「田舎のものを食べて元気を出して」と書いてありました。激励しようと思って電話をかけたのに、激励されてしまいました。

「ひだみにスンキかあ……」

幼い日、ドングリ拾いで道に迷い、山仕事のおじさんにおんぶしてもらって、上機嫌で家に帰ったことを思い出しました。笹巻きだんご用の笹を川で洗っているとき、川魚を見つけ、そちらに気をとられて、洗った笹を全部流されたこともありました。

ドジなことをやっていた。ハヤトのドジは、私ゆずりかも。さっきは叱りすぎた……。そんなことを思っているとピンポーン。「ハヤトくんで〜す」。いつものひょうきんな声です。

ほっとして雑巾を持っていくと、ハヤトは花をかかえて照れくさそうに立っていました。

ザリガニを川に放したら、通りかかったおばさんが、「感心な子ね」と言ってかかえていた花束の花を分けてくれたそうです。

なにが感心なのか「?」ですが、まあハヤトもゆかりさんもザリガニもハッピーエンドでした。

影踏み遊び

入院している友人を見舞ったあと、散歩を兼ねて駅まで歩きました。小一時間歩いて陽が傾きはじめたころ駅に着きました。

急行も快速も止まらない小さな駅です。電車は出たばかりだったので、次の電車までは二〇分ほど時間があります。

さてどうしたものか。とりあえず自動販売機でお茶を買いました。そばに八歳ぐらいの男の子がいて、金網をじっと見ています。「なにを見ているの?」と聞くと、驚いた顔で金網から二、三歩離れました。金網には茶色に変色したカマキリがいました。

「寒くなるので、カマキリも衣替えだね」

私は明るく声をかけました。でも男の子はそっぽを向いてしまいました。不審者だと警戒されたのかもしれません。がっかりです。

突然、男の子の表情がパッと明るくなり、走りだしました。見ると、駅舎の入り口で日焼けした小柄な年配女性が両手を上げています。

仕事の途中なのでしょうか、大きな前掛けをし、首にタオルを巻いています。足元には、子ども用のリュックサックです。

二人は駅舎のエスカレーターでホームへ上がって行きました。私も、少し早いけどホームに上がり、手近なベンチに座わりました。

二人は、ホームのずっと先で、ジャンケンをはじめました。夕陽で二人の影が長くなっています。リュックサックはベンチの上です。

男の子がバンザイをして、女性を追いかけました。影踏み遊びをはじめたようです。影が踏まれると二人は手を取りあって跳びはねています。なつかしい光景です。

小学生のころの私は、日が暮れると、妹、弟を連れて橋のたもとに出かけました。そこで影踏み遊びをしながら、日雇い仕事から帰ってくる母を待ちました。

結婚後、秋の満月の夜には子どもを連れてお寺さんへ出かけました。虫たちがにぎやかに鳴くなかで池に映る満月を見て、それから、月の光で影踏み遊びをしました。

なつかしい、しあわせな思い出です。

ホームの二人は、夕陽をキラキラ浴びながら影踏み遊びをつづけています。

上り電車がやってきました。なかほどの車両が混んでいたので、私は先のほうへ移動しました。移った車両に、リュックサックを背負った先ほどの男の子がいました。女性はホームで微笑んでいます。どうやら孫を見送りにきていたようです。

ドアが閉まりました。するとホームの女性はガラス越しに手話をはじめました。口も表情も、手話にあわせて大きく動かしています。

男の子は耳が不自由だったのです。私の問いかけに応じなかったわけがわかりました。私の位置から彼の顔は見えませんが、彼もきっと手話で話をしていることでしょう。

電車が動きました。女性は歩きながら、なおも手話で語りかけています。身体全体がことばになっていて、やさしく美しいのです。

その姿を夕陽がやわらかく染めています。

私は感動し、涙ぐんでいました。

今日はさいこう！

カーテンを開けると、生まれたばかりの陽ざしが部屋いっぱいに差し込んできました。今日はゆかりさんの三五歳の誕生日。妹のサヤカは昨夜から祖父のところへお泊まりです。ハヤトがあくびをしながらやってきました。

「お母さん、はい、誕生日のプレゼント！」

小学二年生からの豪華なお手伝い券です。

「かたたたき券」が二枚。「さんぽにつきあう券」「『かいけつゾロリ』のまねをする券」「紙ひこうきをとばす券」が一枚ずつ。

紙ひこうきは公園の滑り台の上から飛ばすそうです。滑り台かあ……、ゆかりさんは、昔、母と保育園帰りに遊んだ公園の滑り台を思い浮かべました。

♪ヨイショヨイショ山のぼり、と言いながら滑り台をのぼり、そこから夕焼け雲を眺め、母のひざに乗って滑りおりた幸せな日々。

一人で子どもを育てた母は、いまは空の上です。そして、ゆかりさんもシングルで子育てです。

チラリ、戸棚の上の母の写真を見ました。母はいつもの笑顔です。そばに母が折ってくれた金色の鶴が一羽飾ってあります。

ゆかりさんはその鶴を手のひらにのせてみました。ハヤトが言います。

「折り鶴って紙飛行機みたいに飛ぶかなあ」

「はねがついているから飛ぶんじゃない」

言っているうちにゆかりさんは、無性に公園の滑り台に行きたくなりました。滑り台の上だと母のいる空に近い……。

「ハヤト、いまから公園に行こう。滑り台の上から、紙飛行機や折り鶴を飛ばそうよ」

二人は公園へ出かけました。土曜日の朝、人影はありません。滑り台にのぼりました。

ゆかりさんが折り鶴を、ハヤトが紙飛行機を、空中に投げました。折り鶴はくるくる回ってストンとヤブのなかへ。紙飛行機はゆらゆら漂って砂場へ不時着です。

母子でつながって滑りおり、バンザイで着地。ハイタッチをして笑いあいました。

回収した鶴、汚れを払うためにゆかりさんが広げると、ことばが書いてありました。母の字です。

〝母と子の今を大切にね〟

何年も前から飾っているのですが、初めて目にしました。びっくりしました。母が空から声をかけてくれたようでした。

ゆかりさんは空に向かってつぶやきました。

「お母さん、ありがとう！　私たち元気だよ」

夕飯は水餃子をつくりました。皮は小麦粉をこね、粘土細工のようにのばし、二人でいろんな形で遊びながら具を包みました。

そして熱々を食べました。手づくりのもちもちした皮がなんとも言えずおいしかったです。

食べ終えたハヤトが、『かいけつゾロリ』のマネをしました。ゆかりさんに大ウケです。

調子づいたハヤトは『妖怪ウォッチ』のマネもしました。ゆかりさん、おなかが痛くなるほど笑いました。そして言いました。

「ハヤトのおかげですてきな誕生日になったよ。ありがとう！」

ハヤトは少し照れて、それから叫びました。

「今日はさいこう！」

あたたかい教室

外は冷え込んでいますが、夜間中学の教室はガスストーブでぽかぽかです。授業前のひととき、みんなくつろいでいます。

今夜は六歳のエリちゃんがいます。お父さんが入院したので、日本語を勉強しているフィリピン人のお母さんについてきました。

エリちゃんは読んでいた絵本『おおきくなったら』に飽きて、みんなに質問をはじめました。

「ねえ、大きくなったらなにになりたい？」

競馬新聞を広げていた日雇い労働者のツヨシさん、「なりたいものはないし、まいったなあ……」と、返事にこまっています。

ベトナム人青年のドクさんは言います。

「お金、たくさんの人になりたい！」

土曜も日曜も下水道工事で働いて、病弱な母や幼い兄弟のために仕送りをしています。

「わたしゃ鳥になりたいよ。ひざも腰も痛いし目は悪い、出かけるのにひと騒動だよ。鳥はいいよ、スーっと、ひとっ飛びだよ」

口は人一倍元気なオモニの金さんです。

〝いまが一番若い〟が口ぐせの八〇歳の千代子さんは、目を輝かせて言います。

「私、高校も大学も行って、ずっと学生でいたい。だって勉強、楽しいんですもの」

一七歳のひとみさんは小さな声でポツリ。

「犬とか猫の世話する人になりたいな……」

彼女は小学校でいじめられて対人恐怖になり、長い間、家に閉じこもっていました。

「エリちゃんはなにになりたいの？」

「エリは、ええっとフラダンス……」

「エリちゃん、去年からフラ習ってるよ」

お母さんがうれしそうに言います。

「エリちゃんのフラダンス、見たいなあ！」

みんなも、見たいコールです。じゃあ、と、エリちゃんが踊りだしました。

かわいい！　と拍手かっさいです。

そこへ、「こんばんは！」とヒロコさんの明るい声。調理の仕事でパートで働く六〇歳です。

「路地に年とった焼き芋屋さんの軽トラが止まっていたけど、皆、素通りだもんね。私、給料日だったので太っ腹で買ってきたわよ、ほっかほかの芋！　みんなの分も！」

歓声が上がります。ヒロコさんは芋を二つに割って皆に配りました。「ありがたいね」と金さん。「やっぱ芋はあったかいうちに食べなきゃ」とツヨシさん。「じゃあ、お茶を入れましょう」と千代子さん、動きがはやいです。

エリちゃんはお母さんの隣で食べましたが、そのうちコックリ居眠りをはじめました。

みんなは芋の話で盛りあがっています。戦後の食料難、ふかしたさつま芋を毎日食べていた。北海道では芋と言えばジャガイモのこと。ベトナムやフィリピンの芋の話……。

やがて授業開始のチャイムが鳴りました。

「部屋が暑くなってきたから、外の空気を入れるよ」と、ツヨシさんがカーテンを勢いよく開けました。すると、

「あっ、梅の花！」

窓の外の闇に白い梅の花が一輪、教室をのぞきこむように咲いていていました。

クローバー

ハヤトとジュンは公園で忍者ごっこをしていました。「最強忍者二人組！」と叫んで走り、ジャングルジムの上でポーズです。

「ジュン、ジューン！　聞こえてる？　ママ、仕事に行くよ。カレーつくってあっからね。戸締まりと宿題ちゃんとやるのよ。じゃあね」

そう言うと自転車で嵐のように去っていきました。ジュンのお母さんです。夜、居酒屋横丁で働いています。明るく元気な人です。

するとそこへ三年生のマキとメグが駆けてきました。

「お別れ会でデコセン（ヒデコ先生のこと。学童保育指導員）に〝幸せになれる四つ葉のクローバーのしおり〟を渡すことに決めたの。アンタたち、四つ葉のクローバーを探してきて！　私たちは寄せ書き集めでいそがしいんだから……」

二人の命令です。逆らえません、と言うか、大好きなデコセンのためです。デコセンは子どもと遊ぶのが大好き。学童保育の黒板にはデコセンの字で大きく「おかえり！　さあ、あそぼう！」と書いてあります。

春の原っぱでは女の子にクローバーの花の冠や髪飾りの作り方を教えていました。デコセンはお父さんの介護のため、明日で学童保育とお別れです。ハヤトもジュンもさびしいです。でもいまはデコセンが幸せになるよう、四つ葉のクローバーを探さなければなりません。

クローバーの原っぱは公園にもあります。でもそこは子どもがたくさん遊んでいるのでおちついて探せません。

宅地造成された空き地へ行きました。そこで懸命になって四つ葉のクローバーを探しましたが見つかりません。ザリガニ川の土手あたりでも探しましたが見つかりません。

ジュンが弱気になって言いました。

「接着剤でくっつけて四つ葉にしちゃおうか」

やがて五時の夕焼け放送が流れました。二人は学童保育にもどり、ランドセルを背負ってトボトボとウチへ向かいました。

人影のない公園の前を通ると、街灯がクローバーの原っぱを照らしていました。

その明かりに誘われるように、二人はまたそこで四つ葉を探しはじめました。でも、やっぱり見つかりません。あきらめて帰ろうとした、そのときです。ハヤトの目に葉っぱの重なりが見えました。

明らかに三つ葉より多い葉です。採ってみると、なんと葉っぱが七枚。七つ葉のクローバーです。七つ葉なんて見たことも聞いたこともありません。これはもう、奇跡です。

すごい！　すごい！　二人でとび跳ねました。

ジュンが興奮した声で言いました。

「デコセンの電話でしゃべってしまいそう！」

デコセンの電話とは、夜一人ぼっちのジュンを心配したデコセンが、毎晩八時にかけてくる電話だそうです。ハヤトは初耳でした。

早くデコセンに会いたい。喜ぶ顔が見たい。弾むように二人は駆けだしました。

第二章

おむすびの神様

花ふぶき

春なのに、ゆかりさんは憂うつです。

新しい職場の顔あわせで上司が言いました。

「今期は、少々残業をお願いすることに……」

残業！　ゆかりさんは悲鳴をあげました。

「残業は無理です。子どもの迎えがあります」

瞬間、みんなの視線が冷たくなりました。

間が悪いことに、その直後に保育園から娘が発熱したと連絡です。すぐに早退しました。

以来、職場の人たちがよそよそしくなりました。そして今日、小学三年生のハヤトがケンカをして鼻血……、と担任からの電話です。

早退を上司に告げたら、渋い顔で「アンタの育て方に問題あるんじゃないの」と言われました。この言葉はショックでした。

毎日が時間に追われ、子どもにはさびしい思いをさせています。問題は大ありです。でも生きていくためには働かなくてはなりません。土日も食堂で皿洗いをしています。泣きたい気持ちで小学校へ向かいました。

放課後のガランとした教室。ケンカは言葉の行き違いによるもので、二人はすでに仲直りをしていました。鼻血も止まっていました。

でも、ゆかりさんの気持ちは晴れません。

ハヤトと学童クラブへ行きました。指導員さんに話を聞いてもらおうと思ったのです。指導員さんは子ども五人を育てたお母さんで、若きママたちの気さくな相談相手です。ゆかりさんは〝子育て失格〟をくやし涙で話しました。指導員さんは辛抱強く聞いてくれて、きっぱりと言いました。

「あなたは精一杯の子育てをやっている。大丈夫よ。不安や悩みは子育てにつきものなの。問題ない子育てなんてないんだから。そんな無神経な言葉、無視すればいいのよ」

心のもやもやがスーッと消えました。

すっかり話し込んでしまい、帰りが一番最後になりました。ハヤトはブーイングです。

それで罪ほろぼしに、ちょっと遠回りをして川沿いの桜並木を通りました。残念ながら桜は見事に散っていました。

川面には散った花びらの長い帯です。今年も花見をする余裕がなく春は過ぎていきます。

突然、ハヤトがうれしそうに言いました。

「お母さん、パッとやるよ！」

ハヤトを見ると、木の根っこに吹きだまっている花びらを両手ですくいあげています。それを頭の高さから空中へほうり投げました。

花びらが吹雪のように舞い落ちます。花びらの向こうにハヤトの笑顔です。

ゆかりさんもパッとやりたくなりました。花びらをかきあつめて、両手に山盛りの花びらをハヤトの頭上から宙に舞わせました。

「花びらのシャワーだ！」

ハヤトは両手をたたいて大喜びです。その姿を見てゆかりさんは心があたたかくなりました。

私にはこの子がいる。そして私はこの子の親なのだ。子へのいとしさと、忘れかけていた親としての幸せがこみあげてきました。

二人手をつなぎ、その手を大きく振りながら、はずむように娘の保育園へ向かいました。

母子草

博多のホテルで新聞を読みながら朝食をとっていました。テーブルにはカーネーションが飾られています。今日は母の日です。

新聞に三十代女性の投書が載っていました。

「小学二年のときのこと、先生が母子草(ははこぐさ)を見せて言いました。この花言葉は〝やさしい〟です。母の日はこの花を贈ってもいいですね、土手に咲いていますよ。

お金がなくカーネーションが買えない私は、早速、土手で母子草を摘んで母に渡しました。母子草を教えてくれた先生、土手で母子草を探した母の日、いずれも一生の思い出になりました」と、その投書は結ばれていました。

母子草は私にもなつかしい名前です。

小学生のころに住んでいたバラックには、映画の看板が立てかけてありました。

ある日、学校から帰ると、看板のポスターが「母子草」に張り替えられていました。母子草なんて聞いたことのない名前です。

夕方、私は幼い妹と弟を連れて仕事帰りの母を迎えに橋のそばまで行きました。母の姿が見えると三人は駆けだします。

私はすぐ母に聞きました。

「母子草ってどげん草ね？」

母は歩きながら道端のあちらこちらで母子草を探してくれました。でも見つかりません。

いつものように神社へつづく階段を上り、てっぺんの眺めのいい場所に座りました。それからは、子どもたちのおしゃべりタイムです。

母は子どもたちのたどたどしい話をにこやかに聞いていました。貧しかったけれど、子どもたちは母の笑顔にたっぷり浸っていました。

帰ろうと立ちあがったとき母が叫びました。

「あら、こげんとこに母子草！」

私の横に母子草が小さく立っていたのです。うぶ毛をつけた葉っぱ。淡い黄色の花。素朴な姿は母子草という名前にぴったりでした。

……私は、母の日や母子草からの連想で、亡き母との思い出に浸っていました。そしたら無性に母の墓に行きたくなりました。博多から特急に乗れば、夕方の飛行機までに長崎往復はできると考え、長崎へ向かいました。

一昨年のお盆以来の母の墓です。

お供えの花は買えませんでしたが、墓の周りには野の花がたくさん咲いていました。黄色い母子草やカタバミ、赤紫色のホトケノザ、薄紅色のハルジオン、白いナズナ……。

晩年の母は、色鉛筆で母子草などの野の花を描いていました。その花たちは私への便りの挿し絵にもなっていました。母は花たちとおしゃべりをしながら描いていたのでしょう。

でも、その姿を想像すると私は胸が痛くなります。母の孤独を知りながら、多忙を口実にしてめったに実家へ帰らなかったからです。

突然倒れた母は、子ども三人がそろうのを見とどけるようにして七七歳の生涯を閉じました。

あれから一五年。はじめて母の日に母の墓前に立ちました。「かあちゃん……」と少し甘えて呼びかけたら、涙があふれました。

そばの母子草がかすかに揺れたようでした。

わすれもの

研修会帰りの昼下がりです。

雨が上がり、青空が広がりました。

電車はすいていました。横一列のシートに乗客がまばらです。私の向かいでは、初老の女性が荷物をかかえて居眠りをしていました。

公園駅からズボンをずり下げた男子高校生が乗ってきました。ドスンと座ったので、居眠りをしていた女性は目を覚ましました。

彼は両足を通路に投げ出し、携帯電話から目をはなしません。片手にペットボトルです。

やがてカラになったペットボトルを足元に置き、両手で携帯を操作しはじめました。完全に携帯の世界にハマっているように見えます。

公園から三つ目の駅が近づくと、彼は携帯から目をはなさないままで立ち上がり、ドアへ向かいました。ペットボトルは床に置いたままです。

すると、彼の横に座っていた先ほどの女性が、ペットボトルをつかんで彼のところへ行き、声をかけました。

「ちょっと、お兄ちゃん！」

ドアが開くのと同時でした。振りむいた彼に、「はい、忘れもの！」と、笑顔でペットボトルを渡したのです。

彼は一瞬とまどい、でも受けとりました。

「携帯ばっかり見ているとと危ないよ」

女性がやさしく言いましたが、彼は無言で降りました。「気をつけてね」と女性は彼の背中に呼びかけ、ドアが閉まりました。

私はホッとして、そして胸があたたかくなりました。座席にもどった彼女と目があったので、めいっぱいの笑顔で賞讃を送りました。

彼女はつぎの駅で降りるようで、両手に荷物を持ってドアに向かいました。網棚に彼女の花柄の傘が残っています。

私は傘をとると、彼女を追いかけました。「あの……」と声をかけましたが、反応なしです。呼びかけるつぎの言葉でためらいました。

「おばあさん！」じゃ失礼だし、「おばさん！」は馴れ馴れしいし、「もしもし！」では電話だし……。浮かんだ言葉は「すみません！」でした。「あの……、すみません！」

この言葉で振りむいてもらえ、傘を渡すことができました。ほっとしました。女性は何度も頭を下げ、手を振って電車を見送ってくれました。

私はさっそく夜間中学で、その報告をしました。

「わすれものが福を呼んだね」

金さんが言いました。すると春子さんが、「あれっ！」とビックリ声をあげました。

「私、先生に話すことがあったんだけど、いまの話で忘れちゃったよ。ええっと、なんだっけ。さっきまでおぼえていたんだけど……」

最年長の千代子さんが言います。

「話すことがあったとおぼえているだけでもエライ。わたしゃ、三歩歩けば、みんな忘れてしまうよ」

ニヤニヤしながらタケシさんが言います。

「まあ、人間、おぼえて忘れ、おぼえて忘れ、そのうち忘れたことも忘れてしまう」

一同大爆笑です。忘れものがキッカケで、忘れられない楽しい授業になりました。

七夕のねがい

ゆかりさんは息子のハヤトと待ちあわせをしました。ショッピングモールの七夕飾りの前です。

明日は七夕なので、笹の葉は色とりどりの飾りや短冊でにぎやかです。そばの長テーブルにはサインペンと短冊が置いてあります。

ハヤトと約束した午後五時にはまだ少し間があるので、ゆかりさんは七夕飾りを見ていました。

そこへ青バナナの入った袋を抱いた小学生ぐらいの女の子がやってきました。そして袋を抱いたまま、短冊を読みはじめました。

やがて袋をテーブルの下に置き、黄色の短冊に顔をくっつけるようにしてペンを動かしました。そして、書き終わるとゆかりさんに声をかけました。

「あの……、ヒモとか輪ゴムとか、短冊つるすもの持ってませんか……」

「持ってないけど、でも、短冊のヒモだったらティッシュでつくってあげるよ」

「えっ、ヒモってつくれるんですか？」

「ティッシュを細長く切って、指先でくるくるっとよるの。よるって、巻いてねじることよ。ほらこれ、こよりと言うのよ」

「わぁ、すごーい！　ありがとう！」

女の子はこよりを受けとると、つま先立ちで上のほうの枝をひっぱって短冊をかけました。

「あした星が出るといいな。そうだ、てるてる坊主だ。てるてる坊主、てる坊主〜」

楽しそうに独り言を言いながら、ポケットティッシュのてるてる坊主をつくりはじめました。

そんな女の子を見ながら、ゆかりさんは幼いころの七夕と母のことを思い出しました。

雨で七夕の星が見えないとゆかりさんが泣いたら、母は「雨でも星は雲の上で輝いているよ」と笑い、ハムや人参の型抜き星やオクラの星をちりばめた七夕そうめんをつくってくれました。

そんな母もいまは星になっています。

五時の時報がモールに鳴り響きました。

ゆかりさんはハヤトの姿をさがしました。

すると女の子はあわてて「コレおねがいします」と、てるてる坊主をゆかりさんに渡し、青バナナの袋を抱えて自動ドアへと走って行きました。

反対側からハヤトが駆けてきました。

「いま、エニーと話していたでしょう」

「えっ、あの子を知っているの？」

「うん、お父さんが亡くなって転校してきた。フィリピン人のお母さんは心の病気で寝てるんだって。エニーが洗濯や買い物してる……」

「たいへんだね」

「でも、学校にはピアスしてくるし、休み時間は一人でヒップホップ踊ってるし、運動会の昼休みは木のうえでバナナなんか食べてたし、目立つというか、気が強いというか……」

「さびしいんだよ、きっと」と、ゆかりさん。

ハヤトに笹の小枝を引っ張ってもらい、エニーのてるてる坊主をつるしました。

すぐそばに、エニーの短冊がありました。

元気なママと手つないであるきたい

なんとささやかな、そしてせつないねがい……、ゆかりさんは胸がいっぱいになりました。

おむすびの神様

私が造船所で働き、夜間学校に通っていた一八歳のときです。ある日、私のミスで、作業をやりなおし、残業することになってしまいました。

うだるような暑さのなか、ほかの工員さんにも迷惑をかけ、へとへとに疲れ、作業着のまま登校しました。大幅な遅刻です。

なさけなさと空腹をかかえ、給食時間が終わった食堂の前をとぼとぼと歩いていました。

食堂からバケツとふきんを持った調理のキタさんが出てきました。五十代の女性です。

私の作業着姿を見て、声をかけてくれました。

「仕事ば遅うまでがんばったとやねえ。お疲れさん！」

その明るい声は、落ち込んだ私の心にあたたかくやさしく響きました。

「おなかすいたよね。ちょっと待っといて……」

やがて、キタさんは給食の残りごはんでつくったおむすびと冷たい麦茶を持ってきてくれました。

ガランとした食堂で食べましたが、おむすびのおいしさとキタさんの飾らない親切が心にしみ、泣きたいくらいにうれしかったです。

キタさんはテーブルを拭きながら、自分が子どもの頃の話をして私につきあってくれました。

キタさんのお母さんは魚市場で働いていました。キタさんが小学一年生のとき。学校から帰ると、お母さんが部屋で横になっていました。「お帰り……」の声に力がありません。忙しい仕事がつづき、疲労が重なっていたようです。びっくりしたキタさんは、ランドセルを放りだして台所へ行きました。

自分が病気や落ち込んだとき、お母さんやおばあさんのおむすびを食べて元気が出たことを思い出したからです。

お母さんに元気になってもらいたい一心で、キタさんは初めてのおむすびづくりにトライしました。

梅干しがなかったので、ごはんのなかには福神漬を入れて握りました。ただ握るだけです。水や塩を使うことなど知りません。

ごはん粒を手のひらいっぱいにくっつけて、それでも不格好ですが、おにぎりが二つできあがり、皿にのせてお母さんのもとへ持って行きました。

「あのね、おむすびには神様がいて、元気にしてくれるって、ばあちゃんが言うとったよ」

お母さんは、「あらまあ」と弱く笑いながら、キタさんの顔や手についた米粒をとって、それを自分の口に運びました。

そしておむすびを両手で包みこむように持ち、何度も「おいしい」と言って食べてくれました。

それからお母さんが少し元気になったので、〝おむすびに神さまがいる〟というのは本当だと、キタさんは子ども心に思ったそうです。

「まあ、他愛もなか話ばってん」

キタさんがケラケラ笑いました。つられて私も笑いました。なんだかとても幸せな気持ちになりました。〝おむすびの神さま〟はキタさんじゃないかと思えました。

二校時終了のチャイムが鳴りました。

キタさんにお礼を言って食堂を出ました。

私はとてもはれやかな気持ちになり、階段を一段飛ばしで上って、教室に向かいました。

水族館

夏休み最後の日曜日。やっと休みがとれたゆかりさんは子どもたちと水族館に行きました。ハヤトが大好きな海へは金銭的に厳しいので行けません。そこで、近場で海が感じられる水族館にしたのです。

カラフルな魚たち。スイスイ泳ぐペンギン。寝ているウツボ。幻想的なクラゲのダンス。ふれあいプールではヤドカリやヒトデやナマコにさわり、ハヤトもサヤカも大興奮でした。お昼は、用意してきたサンドイッチをテラス席で食べました。食べながらもハヤトはかわいいクマノミとイソギンチャクの話に夢中です。

隣のテーブルには母親と娘がいました。おしゃれな麦ワラ帽子をかぶった女の子はハヤトと同じ年頃でしょうか、甘えるように母親に話しかけています。

「お母さん見た?」「キレイよお母さん」「お母さん歌って」、お母さん、お母さん……。

水族館は、子ども心をこんなにも刺激するものか、ゆかりさんは感心しました。

イルカのショーを見たり、流木アートに挑戦したり、一日たっぷり遊びました。

帰りがけにハヤトが、長テーブルの上に白い箱型ポストを発見。その口に向かって、ア〜とか、ウ〜とか叫びはじめました。

なにやってるのとゆかりさんが行くと、ポストのそばに、〃あなたの声を聞かせてください〃と書いてあります。

「この声は感想のことよ。紙に書くの」とゆかりさんが言うと、ハヤトはポストに「楽しかったよ」と言って、ペコンと頭を下げました。

ひょうきんで、素直に喜ぶハヤトを見ると、ゆかりさんも幸せな気持ちになります。

「ハヤト！　いつか本物の海で遊ぼうね。その日のためにお母さんは百円玉貯金がんばるからね」。ゆかりさんは心のなかでつぶやきました。

駅の改札口で、ゆかりさんがお手洗いに行ったハヤトを待っていると、麦ワラ帽子の女の子と母親がやってきました。女の子は「お母さん、また来月、最後の日曜日に……」と言いました。

母親は微笑んで、「元気でね。またね」と手を振り、改札口を通過しました。そして振り向かずまっすぐホームに向かいました。

女の子はその後ろ姿をじっと見ていました。水族館で「お母さん！」と何度も呼びかけていたのは、一か月分の甘えたいという気持ちだったのでしょう。

母親の姿が見えなくなると、女の子はパッと向きを変えて、走りだしました。柱のそばに男の人が立っていました。父親のようです。

「楽しかった？」「それはよかった……」

そんな声が切れぎれに聞こえてきました。

ハヤトが改札口に戻ってきたのとほぼ同時に、電車がホームに入ってきました。

車内は空いていました。ハヤトもサヤカも座ったとたん、こっくりしはじめました。斜め前のドアのところに、先ほど娘と別れた母親が立っていました。窓の外を見ています。

ビルの向こうに夕日が沈み、空があかね色に染まりました。なんだか涙ぐみたくなるようなやさしい色でした。

カラフルな晩

土曜日の夕方、友人の追悼文を書こうとしたら、突然、ダッダッダッダッと削岩機の音がして、何事かとベランダに出ました。

するとエ事用車両のスピーカーから、「緊急のガス管工事を行なっています。午後八時頃には終了します」とお詫びが流れました。

仕方ないから追悼文は喫茶店で書こうと街に出ました。ところが、めあての喫茶店は二つとも満席。ファミレスは子連れ家族が順番待ち。この日は地域のお祭りだったのです。

何気なく入った大型スーパーで、クリーニング店で働いている山口さんに会いました。

「仕事で遅くなっちゃった。子どもは二階のフードコートよ。そこで豪華な夕食なの」

そうかフードコートという手があったか、と私も二階に行きました。午後七時。人影はまばらで、山口さんの子どもが手を振っていました。小学二年生のアキラと保育園に通うアカネです。

テーブルの上には色とりどりの折り紙。二人で折り紙を折りながら山口さんを待っていたようです。

私は少し離れた場所に席をとり、ハンバーガー店にコーヒーを注文しにいきました。

初老の日焼けした男が先客でいました。カウボーイハットに真っ赤なGパン。革のベストにはカラフルな缶バッチ。めだつ格好です。

私は席についてノートを広げました。するとカウボーイ男がコーヒーを片手にやってきました。私の足元を指さして言います。

「お兄さん、落とし物よ」

追悼文の送り先をメモした紙切れでした。お礼を言うと、ノートを指さして「お勉強?」と聞きます。

親友への追悼文だと答えると、男は「サヨナラだけが人生よね~」と言いながら階段へ向かいました。不思議な人です。

チラリと山口さん母子のテーブルを見ました。三杯の「かけうどん」に、母親がスーパーで買ったミニトマトやレタスをのせていました。鶏の唐揚げも見えます。

食べはじめると、なにがおかしいのか、顔を見あわせて大笑いしています。子どもたちは「おいしい！」を連発していました。

お母さんはこのあと、中華屋さんの洗い場の仕事が待っています。それでも、このひとときをゆったりと楽しく過ごしていました。

折り紙で飾られたテーブル。寄りそうように夕食を食べている母子。私には神々しく美しく、幸せの光を放っているように思えました。

お母さんが仕事なので、子どもたちは私が家まで送ることにしました。

路地を歩いていると、後ろからプァオ、プァオと変な警笛が鳴りました。ふり返ると電飾の自転車にカウボーイ男が乗っていました。

「ご縁ね！」と片手を上げ、「すばらしき人生に乾杯！」と言いながら電飾を点滅。プァオ、プァオを響かせながら去っていきました。

三人、あっけにとられて見ていました。

「あっ、お花がたくさん！」

女の子が指さすあたりに赤や白の「おしろいばな」が、微笑むように咲いていました。

私は追悼文のことをすっかり忘れていました。

坂道のしあわせ

運がよければ平日の午後、団地の坂道を歌いながら下ってくる女の子に会えます。

一〇歳ぐらいの子。いつも右手にマイクを持ったポーズで歌っています。

ときどき立ちどまり、左手をクルクルまわしたり、両足をリズミカルに屈伸させたりします。

そのダンスもかわいくて、彼女に出会うのが坂道での私の楽しみでした。

彼女は自分だけのショーに没頭していますから、まわりはまったく気にならないようです。

秋晴れの日。色づいたイチョウとそよ風にさそわれて、彼女に声をかけました。

「こんにちは！」

彼女は一瞬不思議そうに私の顔を見て、それからとびっきりの笑顔を返してくれました。

私はこの笑顔にほっとしました。

声をかける直前まで、不審者に思われるんじゃないか、彼女の顔がこわばったらどうしよう、とドキドキしていたからです。

彼女は笑顔のあと、またマイクポーズをとり、歌いながら坂道を下っていきました。間もなく下のほうで、「じょうずだね！」と声がしました。見ると初老の女性が拍手をし、笑いながら彼女とハイタッチをしていました。そばには色づいたイチョウの老木です。

ああ、いい光景だ。いつか見た映画のシーンのようだ、と思いました。それにしてもハイタッチ、私には考えもつきませんでした。街路で自然にやれる女性がカッコいいです。

数日前の早朝、長崎の親友が亡くなったとの悲報が入りました。一瞬、私の周りから色彩が消えました。つらい日です。

午後からは大雨になりました。でも、大事な会合があるので出かけました。ところが乗り継ぎ電車が不通で、結局引き返してきました。会合の仲間に連絡しようにも携帯を家に忘れてきています。最悪です。

駅にもどってからの帰り道、傘をさしていても、カバンも靴もグチャグチャです。ふてくされて坂道を上っていきました。

すると、雨の向こうから大きな傘をさした彼女が現れました。黄色いカッパと真っ赤な雨靴。傘は色とりどりの葉っぱの絵柄です。

雨のなか、彼女のまわりだけ色彩があるようでした。私は救われたような気持ちになって彼女のほうへ歩いていきました。

彼女は歩きながらマイクポーズで歌っていました。どしゃぶりの雨のなかです。

私はびっくりして、「すごいね！」と声をかけました。すると聞こえなかったのか、見えないマイクを私に向けました。

私がもう一度、「すごい！」と大きな声で言うと、納得したようにいつもの笑顔です。

別れるとき、私は傘をちょっと上下させてあいさつしました。すると彼女も同じように傘を上下させて笑ってくれました。

私はいっぺんで幸せな気持ちになりました。

そうだ、どしゃぶりの雨の日だって歌っていいんだ。

「悪条件のなかにこそ光がある」。誰かが言った言葉を思い出しました。

石焼きいも

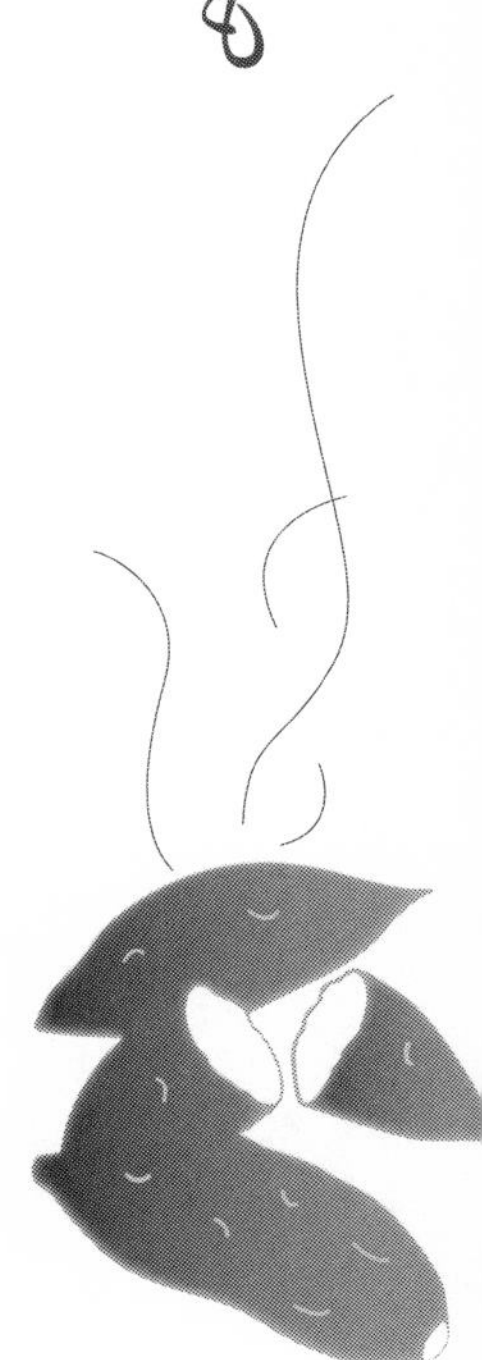

今日はハヤトの学校の保護者会なので、ゆかりさんは会社を早退しました。同僚に気がねして、時間ギリギリまで作業をし、仕事着のまま会社を飛び出しました。遅れないよう自転車は全速力です。ところが途中で、タイヤがパンク！　あわてて自転車屋に運ぶと、店先でおじさんが言いました。

「パンクかい！　パンクはマズいよ、ロックでいこう。♪ロック、ロック、ロックンロール」

ワケのわからない歌を歌いながら補修をはじめました。「歌ってる場合じゃないってば……」と、ゆかりさんはイライラハラハラです。

補修終了。すぐ自転車に飛び乗って学校へ。でも、保護者会はすでにはじまっていました。教室を見わたすと、皆さんおシャレな格好です。

仕事着のゆかりさんは、考えてみると自分の服をもう何年も買っていません。買うのはバーゲンの子どもの服ばかりです。

いつも時間に追われ、生活は超低空飛行……、急にむなしさがこみあげてきました。

個人面談で言われたことは、二年生のときと同じです。勉強をウチでも見てほしい。おちつきがない。おしゃべりも忘れ物も多い。

覚悟はしていたけれど、ゆかりさんは落ち込んで重いペダルで学童クラブへ行きました。

学童クラブの先生は笑顔で言います。「ハヤト君は一、二年の子たちと公園へ行ってますよ。明るく活発で、頼られるお兄ちゃんです」

ゆかりさんの沈んだ心に光がさしました。公園に行ってみると、ハヤトが三人の子たちに、手のひらの虫を得意そうに見せていました。「ハヤト！」と呼ぶと、笑顔で手を振り、すぐまた周りの子と話しはじめました。

母と一緒に帰ろうと甘える様子はありません。こうやって、ハヤトは親離れしていくのでしょうか。ゆかりさんは、うれしいようなさびしいような気持ちで保育園に向かいました。

途中、軽トラックのスピーカーから石焼きいもの声が流れてきました。

♪い〜すや〜きいも、やきいも〜

田舎なまりののんびり声が、ゆかりさんの心をほのぼのとさせます。そうだ、久しぶりに奮発して焼きいもを買おう。子どもと一緒にほくほくしよう、と三本頼みました。

するとと焼きいもを売っているおじいさんが言いました。

「今日で店じまいだから半額にすとくよ」

景気が悪くて商売にならないし、寒さが体にこたえる歳になったから閉店だそうです。運転席から柴犬が顔を出して小さく吠えました。

「なにをやってもウマくいかんかったども、自分なりに精一杯やってきたから後悔はない」

これからどうするの？　と尋ねると、「この車でコイツ（柴犬）と一緒に暖かい南さ行って、春になったら、桜の花と一緒に北上するのさ」

そう言いながら、ゆかりさんが注文したのとは別の焼きいもを「お姉ちゃん、話を聞いてくれてありがとう。これ、おまけ」と、渡してくれました。

包んだ新聞紙から温かさが伝わります。ゆかりさんはペダルも軽く保育園へ向かいました。

いろいろあったけれど、いい一日でした。

たき火の思い出

寒い朝です。でも気合いを入れて散歩に出かけました。冷えて黙りこんだ住宅地を歩きます。地域集会所の角を曲がったら、めずらしいものが見えました。たき火です。そこだけ温かくなつかしい色で、つい急ぎ足で近づきました。

自転車屋さんの店先で、作業着の男二人が石油缶のなかで古材を燃やしていました。自転車屋さんの店主の息子が隣で喫茶店を開くそうで、そのための工事です。作業着の男たちは仕事をはじめる前に炎で両手を温めていたのです。

私もちょっと立ち寄って、ワクワクしながらたき火に手をかざしました。

すると、「おお、寒っ……」と言いながら親父さんが、店から出てきました。

「喫茶店の名前がレモンだからって、壁をレモン色に塗りたくっているよ」

「なんでまたレモンなの?」

「息子が言うには、レモンはさわやかな印象でおシャレなんだそうだ。それにレモンを輪切りにすれば車輪になるから、親父の自転車屋とつながっているって……」

話しているうちに、十分温まった作業着の男たちはたき火から離れ、仕事をはじめました。やがて親父さんも「ゆっくり温まっていきなよ」と、店のなかに入りました。

私はしばらく、たき火に両手をかざしながら、炎を見つめていました。炎の向こうに、少年の頃のたき火が浮かんできました。

私が小学三年生の頃、母は朝早く日雇いの仕事に出かけていました。二歳の妹と三歳の弟の保育園送迎は私の役目でした。

保育園に向かう途中には工務店の作業場があり、大工さんが板にカンナをかけたり、のこぎりで角材を切ったりしていました。

その作業を見るのが私たちの楽しみでした。

冬の朝のことです。寒くてぐずる妹と弟の手をひっぱって、私も半泣き顔で保育園に向かいました。

工務店の大工さんが路上で石油缶を叩いていました。聞きなれない金属音につられて、私たちは大工さんのそばに行きました。

ドライバーと金槌で、缶のフタの部分を開け、缶の底に多数の穴を開けていたのです。

大工さんは、その石油缶を何個かの石っころの上にのせ、中に丸めた新聞紙とカンナ屑を放り込んで火をつけました。

火は一気に燃え、木の切れ端を細い順からくべると、すぐに堂々とした炎になりました。

「すごいねえ」、「手品みたい！」

私たちはその手際のよさに感心しました。

大工さんは目を細めて私に言いました。

「なんでも上手になるにはコツがあると。そんコツは二つ」

「それはなんね？」

「それは、コツコツ。コツコツやるとが一番」

大工さんは声をたてて笑い、そして私の頭をなでながら言いました。

「ほら、時間ばい。保育園や小学校が、〝おいでおいで〟しとるぞ」

霜ばしらの朝

ゆかりさんは、担当する仕事がパソコンで対応するものになって四苦八苦です。操作でモタついていると、あっという間に保育園へ娘を迎えにいく時間になってしまいます。処理しきれない仕事は持ち帰ります。家には、練習用に買った中古のパソコンがあるからです。

帰りの自転車では、パソコンの作業時間を確保するために家事の手順を考えます。でも、手順どおりに進んだことはありません。

まず、おしゃべりで食事がノロノロ、兄妹ケンカをはじめる、ふざけて寝ない、ゆかりさんに叱られて泣きだす……。

子どもと一緒のときは笑顔で、と思いながらも、実際にはそんな気持ちの余裕が消えています。子どもの寝顔を見ながら「ごめんね」と何度謝ったことでしょうか。

朝は朝であわただしく過ぎていきます。保育園も学校も会社も待ってはくれないから、今朝もグズグズしている子どもたちを大声で急がせていました。

ピンポン……、玄関のチャイムがなりました。ジュン君がいつもより早いお迎えです。昨日、担任の先生から土手で霜柱を見たと聞いたので、登校前に見にいくそうです。ハヤトは、食べかけのパンを口にくわえたまま、玄関を飛びだしました。

ゆかりさんがサヤカの食事を終わらせ、駐輪場から自転車を出していると、

「お母さん！　お母さん！」

玄関あたりでけたたましいハヤトの声です。

また忘れ物？　ゆかりさんはムッとして玄関へ急ぎました。するとハヤトとジュン君が白い息を吐きながら立っていました。

「お母さん、これ」と、ハヤトが手のひらを広げました。遅れてジュン君も広げました。

二人の手のひらには、泥のついた小さな氷のかたまりがのっていました。

「土手の霜柱だよ。朝日に光ってきれいだった。お母さんに見せようと思って……」

握ってきたからか、霜柱のカケラは溶けかかり、輝きはありませんでした。

でも、二人は霜柱の感動を伝えたくて寒さのなかを走ってきたのです。その思いが光です。

ゆかりさんは胸が熱くなりました。

「ありがとう。ジュン君もお母さんに見せに行くの？」

「お母さんはまだ寝てるよ。夜の仕事だから」

ジュン君は消えそうな声で言いました。

「朝ごはん、食べたの？」

「うん。納豆トーストをつくって食べた」

ジュン君の声がパッと明るくなりました。

「とろけるチーズものせてね。お母さんの分もつくってきたよ」

「えらいね……」、ゆかりさんは涙声です。

「行ってきます！」

ハヤトが叫んで、二人は寒さのなかへ駆けだしました。真っ青な冬晴れです。

ゆかりさんは大きく深呼吸をしました。朝の凛とした空気が体の隅々までとどきます。さあ、今日という初対面の日のスタートです。

春うらら

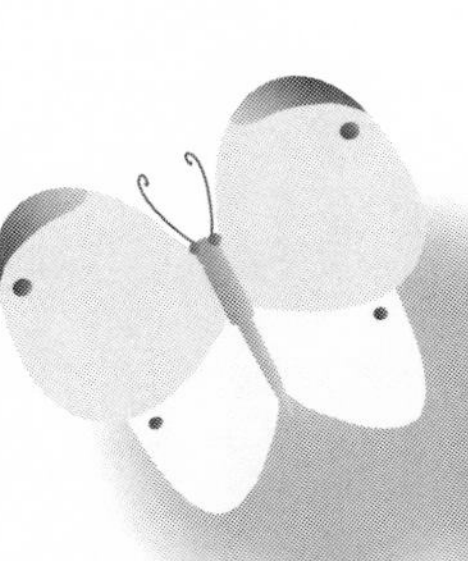

もう春です。日曜の昼下がり、二両編成のローカル電車に乗りました。人影はまばらで、作業服姿の男二人が大声で話をしていました。

「……中身がカラっぽじゃダメっつうの」

「でもよ風船は中身がカラでも飛べるし……」

「あれは風がビッチシ入ってて、そいつが飛びたい飛びたいって思うから飛べるのよ……」

なにを話しているのやら、やがて電車は駅に着きました。二人は、「♪降りますよ〜、降りますよ〜」と歌いながら棚の荷物を下ろし、ヨッコラショと無人駅に降りました。そしてタンポポの咲くホームで、なぜか敬礼をして電車を見送っていました。

そのつぎの駅で五歳ぐらいの女の子と母親が乗ってきました。母親は両手に紙袋を下げ、女の子は新聞紙でくるんだ花を持っています。

二人が私の前のシートに座ると、ふわっといい匂いが漂いました。沈丁花です。女の子の手にした新聞紙から香りを広げていました。母親はすぐにスマホです。相手をしてもらえない女の子は外の景色を見たり、中吊り広告を見たり、小声で歌ったりしていました。

いくつかの駅を過ぎて、「つぎは○○～、○○～です」のアナウンスに、女の子は目を輝かせて「は～い、降ります！」と叫びました。そしてスマホの母親に「着いたよ。お父さんの病院の駅だよ！」とはずんだ声で言いました。

「開くドアにご注意ください」のアナウンスに、女の子は「は～い、注意します！」と元気に答えました。私は思わず笑いました。

母親があきれた声で言います。

「いちいち、返事しなくていいの！」

女の子は「は～い！」と明るく返事をして電車を降りました。そしてスキップするようにホームを歩いていきました。

「発車します。閉まるドアにご注意ください」

アナウンスが響きました。もう返事をする人はいません。沈丁花の香りも消えました。

かわりに紛れ込んだモンシロチョウが一匹、ヒラヒラしていました。ガタゴト振動する車内に止まるところが見つからないようです。チョウがこちらへやってきたので、私に止まってもらおうと、指を「五郎丸ポーズ」にしてじっと待ちました。でも天井あたりをヒラヒラしていて、私のところへは下りてきません。そしてチョウも、つぎの駅でお客さんと一緒に出ていきました。

車内は私だけです。外は一面の菜の花畑。ぽかぽか陽気に心地好い振動。私は居眠りをはじめました。どれくらいたったでしょうか。

「つぎは△△〜、△△〜」

私の下車駅です。あわてました。

「は〜い、降ります!」と叫びながら、ドアへ急ぎました。降りてから、アナウンスに返事をした自分が照れくさくなりました。

私が降りたので車内は無人になりました。でも背後からアナウンスが聞こえてきます。

「閉まるドアにご注意ください!」

誰に呼びかけたのでしょう。ひょっとすると春の風に、でしょうか。

第三章

最強忍者二人組

豆ごはん

クリーニング店で働く山口さんの話です。

山口さんは娘のアカネと保育園から帰るとすぐに夕食の支度をします。同時に洗濯機も回します。

洗濯機は外置きで、前に住んでいた人が残したものを使っています。回転音がガタガタとうるさいので、ガタローと呼んでいます。

ある日、洗濯をしようとガタローのフタを開けたらビニールが詰め込まれていました。悪質なイタズラだと頭にきて、ビニールを強く引っ張ると、これがずっしりと重いのです。

両手で外に出すと、ビニール袋にサヤつきエンドウがどっさり。米二キロと昆布も入っていて、走り書きのメモが添えられていました。

「婦人会旅行の途中。これ豆ごはん用。母」

母の手みやげだったのです。おどろきました。団体旅行を抜け出す。重いみやげを連絡なしで持ってくる。それを洗濯機に入れて帰る。

あきれました。でも、おおらかな母の笑顔が目に浮かぶと、なぜか涙があふれでました。泣き顔を子どもに見られたくないので、自転車に乗り、しばらく近所を走りました。

子どもの頃、春になると母とエンドウのサヤから豆を取り出しました。その豆で母は豆ごはんを炊いてくれました。私は炊事する母にまとわりついて幸せでした。

炊きたての豆ごはんは、ごはんの白に豆の緑が美しく、豆にはほのかな甘味がありました。シンプルだけどとてもおいしかったです。

中学校でいじめられたときも、高校入試で第一志望に不合格のときも、母の豆ごはんがおちこんだ心をなぐさめてくれました。

高校を卒業し、就職のため故郷を遠く離れました。やがて結婚し、男の子と女の子が生まれましたが、いろいろあって離婚しました。

二人の子どもを連れて、この古アパートに逃げるように転居したのは三年前。以来、現実の厳しさばかりに目を奪われ、季節の彩りも、子どもと暮らす幸せも忘れていました。

涙がおさまったので帰宅すると、息子のアキラが同級生のケンちゃんと学童保育から帰ってきていました。娘も加わって三人で『ピコ太郎』をやっています。

ケンちゃんは、お母さんの帰りが遅いときは、しばらくうちで遊んでから帰ります。

新聞紙を広げ、まんなかにエンドウを山盛りにしました。子どもたちは興味津々です。

サヤの内側に並ぶ丸い豆を見て、娘は「かわいい！」を連発していました。みんなで頭を突きあわせながら豆を取り出しました。

途中でふと思いついてこんな話をしました。

「このエンドウはね、小さいときに冬の寒さにいじめられていたの。でも負けるかと根を深く張り、そのがんばりで春にはグンと大きくなってたくさんのお豆を育てたんだって……」

母から聞いた話、子どもに伝えるつもりが自分自身に話しているような気がしました。

夕暮れのひととき、豆を取り出しながら子どもとこんな話ができる幸せ、母に感謝です。

ケンちゃんはそのあともいっぱい遊んで、豆ごはんのおむすびをお母さんの分も抱えて、弾むように帰っていきました。

さよならラッキー

朝、ゆかりさんが自転車に乗ったら、ガクンとサドルが落ちました。錆びついたサドルの支柱がヒビ割れて陥没したのです。

しかたがないので娘と保育園まで歩いていきました。いつもの倍の時間がかかりました。

家へ戻り、職場へ遅刻の電話を入れ、ガタがきた自転車を自転車店へ連れていきました。

この自転車は七年前、商店街の福引きで当たったものです。初めての大当たりがうれしくて、ラッキーと名前をつけました。

自転車店では、おじさんがラッキーを見て即座に言いました。

「これはもうご臨終だね。ウチで処分してあげるよ」

いきなり、臨終とか処分とか言われ、ゆかりさんは大ショックです。ラッキーと過ごした苦闘の日々が思い出され、涙がこぼれました。

二人の子どもが保育園に通っていた頃は、ゆかりさんは着替えの入った大きなバッグを肩からぶらさげて、前後に子どもを乗せ、重くなったペダルをひたすらこいでいました。

冬は前面に風よけシートを取りつけたので、風の抵抗でペダルはいっそう重たくなり、ラッキーはギィーギィー悲鳴をあげていました。

会社での冷たい仕打ちにくやし涙を流した帰り道も、真夜中に熱を出した子どもを毛布にくるんで病院へ急行したときも、ラッキーのペダルをこいでいました。

実家で年越しをしたとき、留守番のラッキーがかわいそうと、ハヤトはひらがなばかりの年賀ハガキをラッキー宛に出していました。

ラッキーは家族のようでした。

でもタイヤは何度もパンクし、チェーンは錆びつき、ベルはかすれた音になってしまいました。サドルは陥没です。まさに満身創痍でゆかりさん親子を支えてくれていたのです。

すると、おじさんがラッキーに言いました。

「それにしてもよくがんばったなあ……」

ラッキーはたしかにがんばった、ゆかりさんもそう思いました。ありがとうラッキー！

そして、さよならラッキー！　そうつぶやくと再び目頭が熱くなりました。

でもやっと気持ちに区切りがつきました。

おじさんは明るい声で、涙目のゆかりさんに声をかけました。

「市から委託されているリサイクル自転車があるよ。頑丈なヤツだ。防犯登録料込みで六〇〇〇円でＯＫだ」

それは前カゴつきの黄色い自転車でした。

頑丈、防犯登録、六〇〇〇円、幸せの黄色、ゆかりさんは即決しました。そして自転車の名前をハッピーにしようと思いました。

あれから一か月がたち、兄のハヤトは小学四年生になりました。机には、ラッキーから取り外したベルが飾ってあります。

妹のサヤカは保育園を卒園し学童クラブに仲間入りしました。ピカピカの一年生です。

ゆかりさんは「人間相手の仕事をしたい」と、介護職をめざしての勉強をはじめました。

玄関横ではハッピーが出番を待っています。

春、それぞれに新しい出発です。

十字架花

「足元だけを見てね……」

久しぶりに訪れた長崎で、神社への長い石段を上っていたら、うしろで女性の声がしました。

私は歩きすぎてこわばった足をいたわりながら、一段また一段と上っていました。

「ゆっくりでいいからね」

幼い子と一緒なのでしょう、よいしょ、よいしょ、とはげますかけ声も聞こえます。

「もう少しだから、がんばって……」

その声につられて私も「はい」とつぶやきました。そして、石段を上りきりました。

すぐに女性の声が追いつきました。

「着いたわよ。がんばったね。お母さん」

えっ、お母さん！　びっくりして振りむきました。

六十代くらいの女性と小柄な高齢の女性が手をつないで、眼下に広がる街へ向かって深呼吸をしていました。娘と母親だったのです。

突然、母親が「わかば」の一節を歌いはじめました。

よく通る声です。私は休みがてら聞いていました。歌い終わると拍手をしました。

すると娘さんが笑顔で言いました。

「ありがとうございます。母はなにもかも忘れているんです。私が娘だということも。でも子どもの頃の歌だけはおぼえているんですよ。さあ、お母さん、行きましょうか」

二人は老舗の焼き餅屋さんへ向かいました。

古い神社は新緑の楠（くすのき）に囲まれていました。

神社の横に原っぱがあって、私は小学生の頃、保育園帰りの弟、妹とここでよく遊びました。

私は古い木製ベンチに腰をかけ、しばしその頃の思い出に浸りました。

＊　＊　＊

原っぱで弟、妹が転んで泣くと、私は母のマネをして「痛いの痛いの飛んでゆけ～　山の向こうに飛んでゆけ」とまじないをかけました。

するとたいてい泣き止みました。まじないは、「私がついているよ」「一人じゃないよ」というエールなのですね。そのエールが安心感となって痛みを飛ばすのでしょう。

ある日、校長先生が全校朝礼で「浦上に立派な平和公園が完成する」と話しました。平和公園と聞いて、私は体が熱くなりました。

その平和公園のジャリ道を母が日雇い仕事でつくっているからです。うれしくて誇らしくて、駆けだしたい気持ちになりました。

その日は夕焼けがきれいでした。きょうだい三人で、あかね色の空をぽかんと眺めました。

このきれいな夕焼けのこと、校長先生の話のこと、私は早く母に伝えたかったです。

弟、妹と手をつなぎ、ワクワクした気持ちでどぶ川沿いのバラックへ帰りました。

「ただいま!」と家に入ると、薄暗い室内に白い十字架花が一輪、淡く光っていました。「おかえり!」と言っているようでした。

十字架花は母がつけた名前です。白い花びらが十字架に見えるからだそうです。世間ではドクダミと呼んでいる花です。

裸電球をつけました。リンゴ箱の上で、牛乳ビンに生けられた十字架花とハート型の葉っぱがマリア像のようにほほ笑んでいました。

ハッピーバースデー

ショッピングモールにあるファミレスは平日の夜でも大にぎわいです。誕生祝いのテーブルでは、『ハッピーバースデー』の音楽とともに店員さんが記念撮影をしています。誕生日の子どもを真ん中に家族も祝福のVサイン、幸せな光景です。

夜のパートとして働いているユキさんもそんなテーブルにほほ笑みを向けていました。すると通りかかったベテランの女性パートさんが小声で言いました。

「額に汗だよ。ちょっと屋上で涼んできな」

たしかに顔にほてりや汗ばみを感じていましたが……。

お礼を言ってユキさんは急ぎ足で店を出ました。ショッピングモールは三階建てで、屋上は駐車場になっています。屋上に出ると、街や住宅地の明かりが無数の点となって広がっていました。

夜風が涼しく頰をなで、顔のほてりや汗がすっと消えていくようでした。遠くで花火が上がりました。テーマパークの花火です。

毎晩八時、光のパレード開始とともに打ち上げられると、小学二年生の息子が教えてくれました。

その息子に、今日は出がけにキツく注意しました。台所のテーブルでマンガみたいなものをダラダラと描いていたからです。

「宿題やったの？　明日の支度は？　遊んでばかりいないで、ちゃんと勉強しなさいよ」

息子は絵を描きながら「は〜い」と気のない返事です。それでつい大声を出したのです。

「話を聞くときは顔を上げなさい。返事の〝は〟は、のばさなくていい。わかった？」

息子は「は〜い」とよけいに間ののびした返事をしました。あれは反抗なのか、ふざけたのかと思案したことを思い出しました。

気がつくともう花火は消えていました。でも無数の明かりはキラめきつづけています。その一つひとつに生活があり、喜怒哀楽がある、そう思うと明かりがいっそう美しく見えました。

顔のほてりも消え、汗も引いたので、大きく深呼吸をして、ファミレスへ向かいました。

家へ帰ったのは午後一〇時過ぎです。台所の蛍光灯をつけると、テーブルのうえに色紙やらクレヨンやらが散乱していました。

「ったく、もう」と片づけはじめると、「おかあさん」と書いた画用紙に、ユキさんの似顔絵が描いてありました。

絵のなかのユキさんは目を細めて笑っています。いつも「早く」を連発し、息子の願いは「あとで」と先送りしているのに……。

絵の下にメッセージが書かれていました。

「きょうはおかあさんのたんじょうびです。おかあさんはしごとがんばっています。ありがとうおかあさん。」

なんと今日はユキさんの誕生日だったのです。あわただしい日々で完全に忘れていました。それを息子からの誕生祝いで知りました。

ユキさんの出がけに息子が台所でやっていたのは、この誕生祝いづくりだったのです。

ユキさんはその誕生祝いを持ったまま、あたたかい涙をぽろぽろこぼしました。ハッピーバースデーのきれいな涙です。

夏の思い出

私の子どもが小学一年生と三年生のときの話です。二人とも男の子です。夏休みになり、待望の学童クラブのキャンプの日になりました。

子どもたちは朝から興奮状態です。カブトムシを捕まえるためのエサをつくったり、ザリガニ釣りのニボシやスルメを袋詰めしながら、二人でケラケラ笑いあっています。

やがて友だちが迎えにきて、澄みわたった夏空のもとへにぎやかに飛びだしていきました。私もキャンプに行きたかったのです。でも、この日は火災報知器やガス器具などの点検があります。妻は出勤なので、私が留守番をするしかありません。

シーンとした部屋に聞こえてくるのはセミの鳴き声ばかりです。

キラめく海、砂浜、松林、バンガロー、キャンプファイア、思い浮かべると子どもたちの歓声が聞こえてきそうです。

私はため息をつきながら、食器を洗い、洗濯物を干していました。すると突然、路地に大きな歌声が響きました。

近所の食品工場で働くおばさんです。工場との往復、この路地を歌いながら自転車で通ります。歌はいつも『百万本のバラ』です。

わが家の機器の点検は順調に終りました。ところが夕方、大粒の雨が激しく降りだしました。あわてて洗濯物を取り入れました。

子どもたちのキャンプが心配になります。オロオロしているうちに雨が上がり、陽がさしてきました。セミも鳴きはじめました。

そして青空が広がったころ、『百万本のバラ』のおばさんの歌声が再び聞こえてきました。ちょうど工場が退けたようで、青空とともにドラマチックな登場となりました。でも、歌詞がいつもと違っています。

♪みなさん　みなさん　みなさん〜

と呼びかけているのです。そして、

♪虹が〜　きれいな虹が　出てますよ〜

と、叫ぶように歌って通り過ぎました。

虹？　私は半信半疑でベランダに出ました。すると東の空に見事な虹です。神々しく美しい七色の大アーチ。見とれてしまいました。

気がつくと、向かいの二階の窓から茶髪の若者が、隣の窓からはおじいさんが顔を出していました。路地では車イスの母親とつきそっている娘さんが満面の笑顔で虹を見ていました。

私たちは道路越しに、「きれいですね！」「どしゃぶりから生まれた虹ですね」「夕方の虹は晴天の印だから、明日もきっといい天気でしょう」などと話しました。

『百万本のバラ』のおばさんは、私たちにバラの代わりにすてきな虹をプレゼントして、風のように去っていったのでした。

最強忍者二人組

夏休みが終わっても暑い日がつづいています。

放課後、小学四年生のハヤトは、ジュンを校庭の楠の下で待っていました。ジュンは宿題忘れで漢字プリントの居残り学習です。

ハヤトは退屈なのでランドセルを楠の根元に置いて、学級園を見に行きました。暑さでアサガオの花や葉がうなだれています。

園芸ロッカーからジョウロを出し、水をかけてあげました。鉢の横から顔を出したトカゲにもかけてやりました。トカゲは目を細めてジッとしていました。

そこへジュンが「ゴメン……」とやってきました。どこか元気がありません。トカゲは逃げてしまいました。ロッカーにジョウロを戻し、二人で学童クラブへ向かいました。

ジュンは夏バテかもしれません。ハヤトは、元気づけのため、「俺たちは最強忍者二人組！」

と大きな声で言いました。

ジュンはすぐに「オー」と呼応しましたが、いつもの迫力がありません。そして「ハヤトのランドセルは？」と言いました。

ランドセルのこと、ハヤトはスッカリ忘れていました。でもすぐに楠の根元に置いたことを思い出し、学校へ忍者走りで戻りました。ジュンも一緒に走りました。

ランドセルを見つけて、再び学童クラブへ向かいましたが、学校まで走ったので、二人とも顔は真っ赤で汗だらだらです。

そこで、涼しいイメージの言葉のしりとりをしながら学童クラブへ向かいました。アイス……、スイカ……、海水浴……、クーラー……、ラムネ……。

学童クラブの玄関では指導員のヒロさんがバケツの水をヒシャクでまいていました。遠くへまくときは空中でパッと水の花を咲かせます。「なにやってんの？」。ハヤトが尋ねると、「打ち水だよ。涼しくなるように、そしてホコリがたたないように、やっているの」。

おもしろそう、やらせて！　やらせて！　と頼み込み、二人で打ち水遊びをしました。水の花の大きさや飛ばす長さを競いあうのです。

学童クラブのみんなは公園です。打ち水遊びのあと、二人でおやつのスイカを食べました。

それから、裏庭に虫干しのために広げてあったブルーシートで、水泳のマネをして遊びました。風の通り道なので涼しい場所です。二人はいっぱいふざけたあと、仰向けになり思いっきり両手を伸ばして、空を見ました。

どこまでも広く、吸い込まれそうな夏の青空です。ジュンがつぶやくように言いました。「母ちゃん、今日、病院に行った。きのう、体の調子がよくないって言っていた。働きすぎだよ。心配で宿題どころではなかった……」

泣き声になっています。ハヤトもウルウルしてきました。あわてて立ち上がり、「大丈夫だ！」とキッパリ言って、空に向かってコブシを突き出し、叫びました。

「最強忍者二人組がついている！」

ジュンも立ちあがり、コブシを突き出し、涙声で「オー」と叫びました。そして小さな声で、「母ちゃん……」と言いました。

蚊帳のなか

「ジュン、ジュン！　聞こえてる？　仕事に行くからね。おかずはチンして食べなさい。戸締まりと宿題ちゃんとやるのよ。じゃあね」

ジュンのお母さんです。公園で遊んでいるジュンに大声で叫ぶと、自転車で走り去りました。夜、居酒屋で働いています。

先日体調を崩し、ジュンもハヤトも心配でした。だから、いつもの元気な声を聞くと二人ともほっとします。うれしくて公園を飛び出し、路地を走りながら忍者遊びをしました。

ところが、ハヤトが投げた紙の手裏剣が民家の庭に飛び込みました。庭には後ろ向きで手入れをしている白髪の女の人がいました。

ハヤトが勇気を出して声をかけました。

「あの〜、おばあさん！」

振り向いた女の人はハヤトをにらみました。

「私はおばあさんという名前じゃない。名前は表札に書いてあるだろう。呼ぶんだったら、前田さんと言いなさい！」

まさかの応答にハヤトはあせりました。

「す、すみません、前田さん。忍者遊びの、あの……紙の手裏剣が庭に入っちゃって……」

「まぬけだね。道路で遊んじゃダメでしょう」

前田さんは手裏剣をハヤトに渡しながら、渋い顔で尋ねました。

「二人が首から下げている画板はなんなの？」

ジュンは逃げ腰なので、ハヤトが答えました。

「これは宿題で、ええっと、〝町の古いもの調べ〟です。五〇年以上たっているものを見つけ、それをスケッチして先生に出すんです。前田さんは五〇年のものなにか知りませんか？」

「五〇年、ねえ。私は八〇歳だから、年齢なら合格だと思うけど……。五〇年前の私は三〇歳で、五歳をカシラに三人の子どもを育てていたね。毎日が時間との戦いだったよ。

ソファで休もうとしたら、一人がヒザの上にのり、それを見た二人が左右から割り込んできて、ヒザの上で押しあい引っ張りあいのケンカをはじめていたよ。

ある日、しまい込んでいた蚊帳を吊して子どもに見せた。蚊帳、知らないのかい？　細い網目の蚊除けのテント、みたいなものだよ。

緑色の蚊帳のなかは薄暗くって、海の底みたいで、子どもたちは大喜び。泳ぐマネをしたり、転げまわったり、私も手足を伸ばし、子どもとジャレあったりしたね。

でも子どもたちはすぐに大きくなり、みんな家を出ていったよ。いま思うと、子どもと一緒に一分一秒を惜しんで駆けまっていたあの頃が一番幸せだったような気がするね。

あれ、私はなにを話しているんだろう。あっ、そうだった、そうだった。蚊帳の話だったね。蚊帳は引っ越しを何度かしているうちにどこかで処分しちゃったんだ。見せられないのは残念だけど、でもいまも私の思い出のなかにくっきりと残ってるんだよ」

渋い顔だった前田さんが、やさしいお母さんの顔になっていました。ハヤトもジュンも、いつか蚊帳というもののなかに入ってみたいと思いました。もちろんお母さんと一緒にです。

郵便ポスト

土曜日の午後、ほぼ半日かけて三枚の絵てがみを描きあげました。故郷の友人に送ります。近所のコンビニのポストに出そうと外に出たら、空が一面のうろこ雲でした。しばし見とれて、故郷に思いをはせました。

うろこ雲に誘われて、少し離れた商店街のレトロな丸型ポストまで歩いて行くことにしました。心地よい秋風もふいています。

途中でスイミング帰りのアキラに会いました。小学三年生の男の子で、ときどき私が勉強の手助けをしています。アキラが聞きました。

「おじさん、どこへ行くの？」

「丸い郵便ポストに絵てがみを出しに……」

「丸い郵便ポストなら僕、学校の写生会で描いて金賞もらったよ。見せてあげる」

というわけで、山口さんの家に寄り道しました。

アキラがアパートのドアを勢いよく開けて上がると、部屋干ししてある洗濯物をかきわけて山口さんと小学一年生のアカネが出てきました。

「お母さんにスキップ教えていたの。おじさんできる?」アカネの声が弾んでいます。

「うーん、スキップは……、ちょっと……」

私が口ごもっていると、山口さんは笑いながら外置きの洗濯機をまわしはじめました。

アキラが出てきましたが、さえない顔です。

「ゴメン、絵、学校に忘れてきたみたい……」

じゃあまたね、と私はアキラと別れました。

商店街は駅前に大型スーパーができたので、すっかりシャッター街です。その端っこに丸型の郵便ポストがあります。どこか昔懐かしい雰囲気でポツンと立っています。

郵便ポストで思い出すのは、夜間中学で出会った年配女性の金さんのことです。

在日一世の金さんは働きづめで学校どころではありませんでした。七〇歳で夜間中学に入学し、平仮名から勉強をはじめました。

そして間もなく、おぼえたての平仮名で私宛てにハガキを書いてくれました。金さんがそのハガキを出しに近所のポストへ行ったら、四角いポストはほこりで汚れていたそうです。そこで金さんは家からバケツと水と雑巾を持ってきてポストをきれいにしました。そして自分のハガキを投函、無事届きますようにと手を合わせてお願いしたそうです。

それ以来、金さんは自宅前を掃除するついでにポストも拭いたそうです。ある日、金さんがポストを拭いていたら、保育園のお散歩集団がにぎやかに通りかかりました。

そのなかに金さんの三歳の孫がいて、金さんを見つけると大喜びで「ハンメちゃん！ハンメちゃん！」とはしゃぎました。ハンメとは韓国語でお婆ちゃんのことです。

ほかの子たちもマネをして「ハンメちゃ〜ん！」と叫びました。金さんは手をふりました。それから園児たちは金さんを「赤いポストのハンメちゃん」と呼ぶようになったそうです。

そんなことを金さんは話してくれました。

私も絵てがみをポストに入れると、金さんのように手を合わせました。するとポストがにっこり微笑んだような気がしました。

ナイトウォーク

商店街の隅っこにおでんのお店があります。

おでん以外にも、焼き物、揚げ物、なんでも出してくれます。私の行きつけの店なので、お客さんには顔なじみの方が大勢います。

ある日の夜、南さんが小学三年生の一人息子、ユウキを連れて入ってきました。常連客は、南さんを、ナミさんと呼んでいます。

「息子とナイトウォークをしてきたよ」

ナミさんが晴れやかな顔で言うと、

「なんだい、そのナイトウォークって?」

お店の親父さんが聞き返しました。

「息子との夜の散歩さ。俺、仕事で帰りが遅くて息子にさびしい思いをさせているので、

たまの早帰りの日には二人で夜の散歩をするのさ」

ナミさんは散歩コースも教えてくれました。

「商店街を抜け、イチョウ並木の坂道を上って高台の団地の奥にある眺めのいい公園まで行く。片道一五分。道すがら息子は、学校のこと、学童のことをはずむように話してくれる。公園では夜景を見たり、ブランコに乗ったり、駆けっこをしたり、ふざけ相撲をとったりして遊ぶ。夜の公園は俺たちの貸切りだ。

帰り道、銭湯に寄り、身体を温めてからここにやってきた」

ユウキは、特製とん汁とおでんを夢中で食べています。ナミさんはビールをおいしそうに飲みながら、話をつづけます。

「俺の仕事は電気工事。毎日夜遅くまで、暗い天井裏にもぐりこんで、電線を引っ張ったり、つないだりしている。家では息子が一人ぼっちで俺の帰りを待っているのさ」

ナミさんの妻は三年前に病死しています。

「ユウキは子どもなのに、さびしさに耐えて健気にがんばっている。俺の自慢の息子だよ」

ナミさんが言うと、自慢の息子はすかさず、「父ちゃんも自慢の父ちゃんです」と言って皆を笑わせました。

それから二か月が過ぎ、星空が美しく冴える夜、ナミさんがお店に久しぶりに顔を出しました。ユウキはもう寝ています。

今日、ナミさんが担当した新築アパートの電気工事が完了しました。そのアパートをユウキに見せたくて、夕方、ナミさんは軽トラックで学童クラブまで息子を迎えに行ったそうです。

現場では、アパートがよく見える位置に息子を座らせて、配電盤のスイッチを入れました。ほの白いアパートがパッと暖かい明かりに包まれました。ユウキが興奮して叫びました。

「スゲー、この明かりはぜ〜んぶ、父ちゃんが電線つないで、部屋ごとに配ったんだ。父ちゃんは明かりのサンタクロースだ！」

息子の言葉にナミさんは身体全体が熱くなりました。そしてこの息子がいるから俺はがんばれるんだと、心底感じました。

「ああ、ここに妻がいたらどれだけ喜んだことだろう、とつい思ってしまい、涙が……」

ナミさんの言葉がうるんでいます。

お店の親父さんが感極まって言いました。

「よくがんばった。息子もエライ。お祝いだ、ナミさん。今日の勘定はいらないよ！」

コロッケ屋さんで

古い商店街に、田中というコロッケ屋さんがあります。小学三年生のアキラは、毎朝、学校へ行く途中、店をのぞいて店主の田中さんに「おはよう！」と声をかけます。七〇歳の田中さんはコロッケの材料づくりをやっています。大きな容器に、あふれるほどのつぶしたジャガイモ。そこにひき肉とたまねぎを炒めたものを入れ、ジャンボしゃもじで混ぜているのです。

イモから立ちのぼる湯気で、田中さんの顔がときどき見えなくなります。すごい迫力です。ところが、今日は特売日なのに、田中さんはイスに腰かけ、ゆっくりとなにかを飲んでいます。

「なに、飲んでるの？」と尋ねると、「さゆ！　風邪気味だからね」とかすれ声で言いました。「さゆ？」と聞き返すと、「湯ざましだよ。ほら、これ。飲んでみる？」と、やかんから

「さゆ」を少しコップに注いでくれました。

「味がないけど……」と言うと、田中さんは笑いながら言いました。

「そのうち体が温まって、じわっとさゆパワーが出てくるよ。さて、ひと仕事やるか」

大きく背伸びをして立ちあがると、両手でボンボコ胸を叩くゴリラのマネをしました。

夕方、アキラは家族で田中さんのコロッケを買いにいきました。特売日は、山口さんの家の夕食もコロッケです。

今日は、昼も夜も働いている山口さんが夜の仕事を休んでいます。だから自宅で親子が一緒にコロッケを食べられます。子どもたちは朝からワクワクしています。

田中さんのコロッケは子どもたちに人気で、部活動や塾帰りの子たちが店先でよくほおばっています。もちろんアキラも大好きです。

店頭の「四〇周年」のチラシを見ながら、山口さんが田中さんに「ご苦労さま」と言いました。

田中さんがしみじみ話します。

「いろいろあった。火事で半焼けになったり、交通事故で一人息子を亡くしたり、大型スーパーができて、客足が止まったり、妻が入院したり……。そのたびにもうダメだと思ったけど、皆さんにはげまされてなんとかやってきた。

いつからか店先が子どもたちの小さなたまり場になっている。春には軒下にツバメが巣をつくって子育てしてる、うれしいよね……」「田中さん、さゆパワーだね！」とアキラが言うと田中さんは「そうだ、さゆパワーだ。ボンボコ」とゴリラのマネをしました。それがおかしくて二人で大笑い。山口さんとアカネは「？」です。

コロッケにポテトサラダも買って、帰途につきました。空にはきれいな月が出ています。

「お月様が私たちについて来るよ」

アカネが弾んだ声で山口さんに言いました。

「本当だね。お月様もコロッケ食べたいのね」

あわててアカネが月に向かって言いました。

「あのね、お月様の分はないから、ついてきてもダメよ」

山口さんとアキラは吹き出しました。

それでも月は、母子三人を見守るように、やさしく静かについてきました。

恐竜に会いたい

夕食後、六歳のサヤカがハヤトに聞きました。

「お兄ちゃんのトクギってなあに?」

「トクギかあ、トクギはこの前まで忍者だったけどいまは恐竜かな。恐竜の名前を二〇は言えるよ。ヒロシの三〇には負けるけど……」

「恐竜ってどんな名前?『ドラえもん』にはピー助という子ども恐竜がいたけど……」

「肉食恐竜だと、コエロフィシス、トロオドン、ヴェロキラプトル、バリオニクス、ティラノサウルス……、草食恐竜だと、ステゴサウルス、アンキロサウルス、エドモントサウルス、トリケラトプス、ディプロドクス、……」

「すごーい!」とサヤカもゆかりさんも拍手です。

小学四年生のハヤトは、秋に校外学習で博物館へ行きました。そこで恐竜の全身骨格に圧

倒されて、やみつきになったようです。

校外学習のあとでハヤトはゆかりさんに、

「イチョウは恐竜の時代からあって、その実を恐竜たちが食べていたんだ」

と、自慢気に話していました。

「ああ、博物館の恐竜たちに会いたいな……」

「サヤカも恐竜を見てみたい」

兄妹の話を台所で聞きながら、ゆかりさんは、あわただしい毎日に疲れ、日曜日は遅くまで寝ている自分の姿を思い浮かべました。

そして、「今度の日曜日、子どもと博物館へ行き、恐竜と遊んでこよう」と決心しました。

子どもは無料の博物館です。ハヤトの友達のジュン君も誘いました。

こうして、冬晴れの日曜日、ゆかりさんと三人の子どもたちは博物館へ出かけました。

子どもたちは電車に乗ると、ガラス窓にへばりつきました。ジュン君が、「あっ、特急〇〇だ。こっちは山手線の新型車両E235系だ。……」と大喜びで解説していました。

博物館の恐竜たちは、ど迫力でみんなを迎えてくれました。地下一階に飲食可の広いラウンジがあります。ここを基地にして、子ども三人は館内の探検に出かけました。

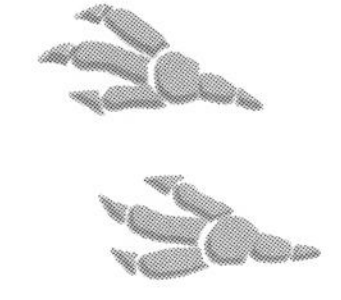

ゆかりさんはラウンジ基地でお留守番。静かで深海の底にいるようです。暖房も心地よく、つい居眠りをしてしまいました。

「お母さん！　高校生の鈴木さんが発見した首長竜の化石があったよ！」

興奮して叫ぶハヤトの声で目がさめました。

「全長七メートル。発見した首長竜にはフタバスズキリュウって鈴木さんの名前がつけられていたよ。スゴイね！」

ハヤトは上気した顔で早口に報告すると、また三階へ駆け戻っていきました。

子どもたちは昼のおむすびを食べながらも、大はしゃぎ。巨大だった。歯がスルドい。目つきがコワい。追っかけてくるようだった……。

夢中で話す子どもたちを見ながら、ゆかりさんはしみじみ、「来てよかった」と思いました。

こんな楽しいことも子どもたちはやがて忘れてしまうでしょう。

でも、ゆかりさんは思うのです。楽しかった思い出は心の栄養となって、きっと子どもたちを支えてくれると。

送別けん玉

ハヤトは学童クラブからの帰り、遠回りして母親のゆかりさんの勤め先に寄ることがあります。特別にいいことがあると、一刻も早く知らせたくて足が母親のところへ向かうのです。ある日、ハヤトが首にけん玉をぶらさげて満面の笑顔でゆかりさんの勤め先にやってきました。けん玉ダンスができるようになったそうです。

帰り支度をしているゆかりさんに、「見て！　見て！」と大騒ぎです。けん玉を手に持つと、近くの外灯へ走りました。

ゆかりさんは、「寒いし、スーパーの買い物があるからちょっとだけよ」と、念を押して外灯のそばで自転車のスタンドを立てました。

外灯の明かりの下でハヤトのショータイムです。けん玉をやりながら足を前後左右に動かすダンスで、ぐるり一回転しました。

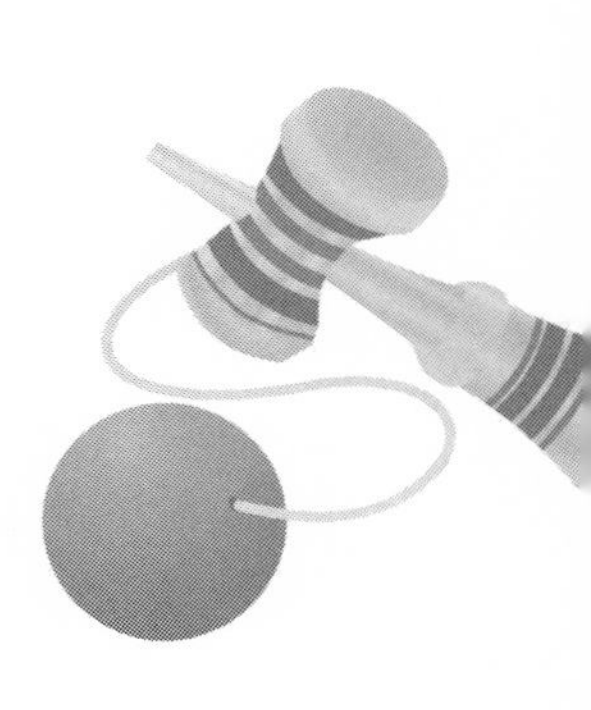

ゆかりさんはおどろきました。「すごい、すごい」の連発です。ハヤトは照れていました。スーパーへの道すがら、ハヤトは、「けん玉ダンスは送別会で上級生と一緒にやるよ、ジュンもできるよ」と興奮気味に話していました。

翌日、ビッグニュースがありました。父親の介護で田舎に帰っていた指導員のデコセン（ヒデコ先生）が、四月から学童クラブに復帰するそうです。

母親が夜勤のため夜一人になるジュンを心配して、毎晩電話をかけてくれたデコセンです。ジュンは目を潤ませて喜びました。

ところが、その次の日から、ジュンが学校にも学童クラブにも姿を見せなくなりました。

「ジュンは、家庭の事情で、急に大阪のおばあちゃんのところへ行くことになった……」

帰りの会で指導員のヒロさんがぼそぼそと言いました。ハヤトは心臓が破れるくらいびっくりしました。

そんなバカな、ウソだ、まちがいだ……。学童クラブを飛び出すと、ハヤトの足はゆかりさんの勤め先へ向かっていました。そしてゆかりさんの顔を見るなり大声で泣きだしました。

次の日、帰りの会の頃にジュンが叔父さんに連れられてお別れにやってきました。ハヤトはジュンと目があったので、笑おうとしましたが顔がひきつって言葉も出ません。

ヒロさんが「ジュンを真ん中にしてけん玉ダンスをやろう。送別けん玉だ！」とみんなに声をかけました。

けん玉ダンスを終えると、ヒロさんがジュンの頭をなでながら涙声で言いました。

「元気でな……、大阪にも学童はあっから……。仲間はいるから……」

涙で、胸がいっぱいのハヤトは、とっさに「コレ」と自分のけん玉をジュンに押しつけました。けん玉には「最強忍者」と書いてあります。

ジュンは涙目でうなずき、けん玉を首にかけました。ジュンは自分用のけん玉を持っていません。いつも学童クラブのものを借りていたのです。

叔父さんと軽トラックへ戻る途中、ジュンは振りむいて皆にペコンと頭をさげました。そして車は警笛を一つ鳴らし、去っていきました。

底冷えのする日でした。でも、こぶしの花芽はもう春に向かってふくらみはじめていました。

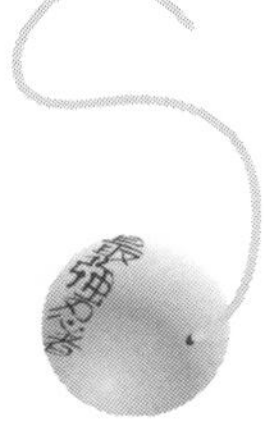

第四章

ぼちぼちいこか

ぼちぼちいこか

明るい春の朝です。駅へ向かって路地を歩いていたら、どこからか沈丁花の花の香りがふんわりと漂ってきました。

大通りに出ると、登校する小学生たちの列に出会いました。ペチャクチャとにぎやかです。上級生に連れられた一年生は体が小さいので、ランドセルが歩いているようでした。朝の陽射しをいっぱいに浴びて、小学生たちはキラキラと通りすぎていきました。

駅に着くと改札口あたりに人だかりができていました。そばに行くと駅員さんがハンドマイクで、「信号トラブルのため運転見あわせ、再開まで一時間ほどかかる」と叫んでいました。

仕方がないので喫茶店で時間をつぶすことにしました。ところが電車が止まっている影響なのか、モーニングサービス中のためなのか、喫茶店はどこも満席でした。

まいったなあ、と裏通りを歩いていると小さなパン屋がありました。店の横にカフェスペー

スがつくられています。

お客さんは誰もいません。ここで時間をつぶすことにしました。カウンターで代金と引き換えに紙コップを受け取り、コーヒーメーカーを使って自分でコーヒーを抽出します。

カフェスペースの隅っこに本棚があって、雑誌や絵本が並んでいました。ヒマつぶしに絵本を一冊引っ張りだしてみました。

その絵本、カバ君が笑っている表紙です。おどろきました。子どもたちにせがまれて何度も読んであげた絵本だったのです。題名は『ぼちぼちいこか』（マイク・セイラー　作、ロバート・グロスマン　絵、いまえよしとも　訳）。

のんびりしたカバ君が、消防士や船乗り、バレリーナやピアニストなどいろいろな職業に挑戦しますが結果はずっこけて失敗ばかり。でもメゲません。ひと休みして、また、「ぼちぼちいこか」と動きはじめる話です。まさかこんなところで再会するとは……、なつかしさがこみあげてきました。当時、兄（長男）は一年生になったばかりで、弟（次男）は四歳の保育園児。私も妻もフルタイムで働いていました。

私は家でも仕事のことが頭を離れず、子どもの話は上の空、という日々でした。

子どもは寝る前に「読んで」と絵本を持ってきます。せめてこれだけはと思っても、夜間中学に勤務する私が読めるのは、土、日だけでした。

それでも子どもと一緒に読む絵本の絵や言葉、そして子どもたちの体温は、私の粗雑な心を癒してくれました。

とくに『ぼちぼちいこか』は関西弁のテンポが心地よく、親子で大笑いしているうちに、じわっと気持ちがやさしくなり、また明日からがんばろうという気になりました。

この本は一年生の兄が何度も読んでとせがんだものでした。登校をしぶりがちだった彼は、「ぼちぼちいこか」とおまじないのようにつぶやいて通学していたのかもしれません。

……しばし回想にひたっていたら、店員さんが「電車、動きだしたみたいですよ」と教えてくれました。私は、「さて、ぼちぼちいこか」と小さくつぶやいて立ちあがりました。

幸せサンデー

よく晴れた日曜日です。山口さんはアキラ、アカネとアニメ映画を観に図書館へ行きました。

いつもは自転車なのですが、昼も夜も働く山口さんが疲れ気味なので、今回は市のコミュニティーバス、通称「百円バス」を利用しました。

映画は図書館のホールで上映されました。

軽快な音楽とともに、大きな画面いっぱいに美しい森が広がり、かわいい動物たちが跳ねまわります。小鳥たちも梢（こずえ）で合唱です。

三人は、しばしおとぎの国の住人になりました。そのあと、アニメ映画の絵本を三冊借りました。午後五時近くになったので、最終のバスに乗るため停留所へ急ぎました。

ところが時刻表には、土・日・祝日は平日と異なり、午後四時が終バスと表示されています。

バスがないと歩くしかありません。子どもの足だと四〇分はかかります。せっかく楽しく過ごしていたのにかわいそうです。

でも、子どもたちは映画の余韻でハイテンション、一緒に歩けることを喜んでいます。歩くの大好き♪　という気持ちをこめた歌を、二人は元気に歌いながら歩きはじめました。土手の道を歩くことにしました。途中、動物のしりとりをしたり、ジャンケンスキップをしたり、遊び、ハジけて歩きました。

山口さんの疲労感もハジけ飛ぶようでした。

土手を下りると体育館があります。そのまわりはぐるりと桜です。陽が沈む時刻なのに、散歩やジョギングの人がたくさんいました。

「二人ともよく歩いたので、特別にお母さんのヒミツの場所へご招待します」

ちょっとおどけて山口さんが言いました。

体育館の裏の原っぱへ寄り道です。原っぱの中ほどに大きな木が一本立っています。こんもり茂った葉は明るい黄緑色でした。

「ここがお母さんのヒミツの場所よ。この木はクスノキといって、木へんに南と書くの。お母さんは子どもの頃、南の九州のおじいさんのところに預けられていたの。一人ぼっちで、いつもおじいさんの家の楠に登って、遠くを見ていた。楠だけが友達だったのね」

「この楠との出会いは、働きはじめたクリーニング店で大きな失敗をしたときよ。人目につかずに泣きたくてふらふらとやってきたら、目の前にこの楠が立っていたのね。なつかしくって、抱きついて大声で泣いたわ」

楠と三人の影が寄りそって伸びています。

「それからあなたたちが生まれ、私はお母さんになれて、幸せいっぱいで強くなれたの」

山口さんは二人の肩を抱きしめました。

「ほら、今日の空は特別にきれいでしょう。こういう色を〝幸せのあかね色〟って言うのよ」

そのあかね色の空の下、木々がシルエットになっているほうから、突然、電車が現れ、あかりの長い列となって通過していきました。

先ほど観た映画のつづきのようでした。

子どもたちは電車に手を振りました。

楠も葉をゆさゆさと揺らしたようでした。

はだしでGO！

空高くつばめが飛んでいます。

今日は小学校の運動会です。午後から様子を見に出かけました。

生徒席の後ろを通ったら、桜の木の下で五年生のハヤトが友達とふざけていました。

競技ピストルの音が聞こえると、撃たれたマネをして大げさに倒れているのです。

私に気がつくと、「リレーで最初に走るから見てよね！」と大声で叫びました。

リレーか、ハヤトは足が速いんだ。私は走るのが苦手で、徒競走はいつもビリでした。

やがてハヤトが出場するクラス対抗リレーのアナウンスがありました。第一走者五人が校庭を半周し、第二走者にバトンを渡します。

私はカーブ付近で見ることにしました。ピストルの音とともに選手たちは団子状態で駆けだしました。カーブが近づくと差がつき、縦一列になっての力走です。

ハヤトは三番目でしたが、なんとはだしでした。いまどき、はだしで走る子がいるんだ。私は感動しながら見とれていました。

先頭ランナーがカーブで転び、あおりでつぎのランナーも大きくバランスを崩しました。そんな二人を、はだしのハヤトはマイペースで抜き、トップでバトンを渡しました。そのリードを守ったハヤトのクラスが勝利です。

後日、ハヤトに「はだしで走る姿が野生の少年みたいでカッコよかったよ」と言ったら、「でしょう！　地面からパワーをもらっていたからね」とガッツポーズをしました。

じつはあの日、ハヤトはリレーの集合場所へ急ぐあまり、水の入ったポリバケツにつまずき、ひっくり返してしまったのです。

靴も靴下もびしょぬれ。予備なんてありません。仕方なくはだしになったそうです。

私もはだし走りの経験があります。小学四年生のときです。徒競走の最中にズック靴の片方が脱げました。

拾いに戻り、ゆるかったもう片方も脱いで、はだしになりました。当時はよくはだしで遊んでいたので、はだし自体は気になりません。

両手に靴を持って皆を追いかけました。

大差なので、皆がゴールしても私はとことこ走っていました。私がゴールしないとつぎの組が走れません。客席からは迷惑そうな視線です。

やっとゴールに着きました。大幅に遅れたのが照れくさいので、両手を広げ飛行機のまねをしてゴールインしました。

私なりに精いっぱいおどけてみたのです。

でもだれも私を見ていません。先生や客席の目線はすでにつぎの組に移っていました。

私はうなだれてクラス席に向かいました。

途中で、用務員の山田さんが満面の笑顔で声をかけてくれました。

「はだしでがんばっとったね。飛行機ゴールはおもしろかったばい」

この言葉で、灰色だった私の運動会が一転、明るいカラーに変わりました。

見ていてくれたんだ！　うれしくて、うれしくて、飛び跳ねながらクラス席に戻りました。

電車でカフェへ

新装された郊外の駅ビルのカフェで友人と待ちあわせをしました。私の家から電車で三〇分。

平日の午後なので電車はすいていました。

乗客はスマホを見ているか、眠っているかで、車内は静かです。いくつ目かの駅で、両手に買物袋を持った若い女性が乗ってきました。

おどろいたことに、赤ちゃんをおんぶしていたのです。最近では前抱きがあたりまえのような世の中です。電車の中でおんぶされた赤ちゃんを見たのは何年ぶりでしょうか。

女性は扉そばのシートに買物袋を置き、張りつめた表情で立っていました。

つぎの駅で高校生の女子二人が乗ってきました。

二人は赤ちゃんを見つけると、交互に「いないいないばあ」や百面相をして、赤ちゃんの気を引きつけようとしています。

やがて赤ちゃんの笑い声が響きました。スマホからチラッと目を上げた人たちが、赤ちゃんだとわかるとやさしい表情になりました。

女性は首を傾け、女子高校生たちに小声でお礼を言いました。やわらかい笑顔でした。

電車の振動も気持ちよく、私はつい居眠りをしました。どれくらい眠ったのでしょうか。「〇〇に停まります！」のアナウンスが耳に飛び込んできました。私の下車駅です。

あわててホームに降りました。人の流れとともに改札口を出て、駅ビル内の商店街へ進むと、店は見事に様変わりしていました。待ちあわせのカフェの名も見あたりません。

早めに出てきたので時間的には余裕があります。とりあえず改札口に一番近いカフェに入りました。いざとなればスマホがあります。隣りの席に緑の作業服の女性が二人いました。

一人の女性が声高に話します。

「……ネコの手どころか、タコの足も借りたいぐらいだよ、まったく……」

「んだな」と、少し年上のもう一人の女性が相づちをうちます。

「家に帰っても、食事だ、風呂だ、洗濯だ、と走りまわってるし、小学生の息子の話は背中で聞いているし……」

「そら大変だ」、あたたかい相づちです。

「お金の苦労は本当にタイヘン。ピンチで夕食のおかずが納豆とモヤシだけだったり……」

「んだな。大変だ」、相づちが湿っています。

「でも、納豆やモヤシは手間いらず。浮いた時間は息子との談笑タイムだよ。ピンチはチャンス、なんちゃってね。食べながらたくさん話をした。息子はオイシイネをくり返す……」

「んだ。母ちゃんの笑顔が一番のおかずだ」

「母の日に息子が私の好きなワインの絵を描いてくれた。貯めたお小遣いでワインを買いに行ったら、子どもに酒は売れないと言われたそうだ。だから絵でガマンしてねって。下に〝おかあさんありがとう〟と書いてあった」

　そこへ友人からの電話が入りました。「ったく、こんなときに」と私は渋々立ちあがり、お隣さんには心の中でお礼を言って店を出ました。

　待ちあわせは北口のカフェでした。ここは南口です。私のまちがいでした。でも、すてきな話の余韻で足取りも軽く、北口へ向かいました。

夏の贈りもの

真っ青な空に綿のような入道雲が顔を出しています。待ちに待った夏休みです。

ハヤトはいつもより早く起き、今日の遊びをあれこれ考えてウキウキしていました。学童クラブへ向かう足取りも軽やかです。

学童クラブの近くの空き地では、作業服のおじさんたちが朝の体操をしていました。道路の側溝の改修だそうで、工事は三日間つづくとデコセン（ヒデコ先生）が言っていました。

昼になるとおじさんたちは、空き地の小さな日かげで弁当を食べていました。そばに麦茶のはいったヤカンが置いてあります。

それはデコセンが、炎天下の仕事でのどが渇くだろうからと届けたものでした。

つぎの日、ハヤトがその麦茶入りヤカンを届けました。ヒゲのおじさんは、そのヤカンをいきなり持ちあげて傾け、流れ落ちる麦茶をヤカンに口をつけず上手に口で受け、とっくん

とっくん、のどを鳴らしながら飲みました。

ハヤトはあっけにとられて見ていました。

「うまい！」と叫んだおじさんは、ハヤトにお礼を言うと、「うちの子も学童クラブだよ。女の子で、外遊びが好きで、日焼けして、太陽の子みたいさ」と楽しそうに話しました。

ハヤトは学童クラブに戻ると、すぐにヒゲのおじさんのマネをしました。麦茶ヤカンを持ちあげ、エイと傾けたら、麦茶は顔を直撃、Tシャツも床もずぶぬれになってしまいました。

ハヤトたちが昼食を食べていると、ヒゲのおじさんがヤカンを返しに現れました。デコセンに、「ここの土間はずいぶんデコボコしているね」などと話していました。

改修工事が終わりの日。ハヤトたちは午後の公園で「氷おに」をして遊んでいました。そこへオレンジ色のトンボの群れがやってきました。つぎつぎに飛んできて公園をまわります。

「ウスバキトンボだ！」

昆虫博士のノリオが歓声をあげました。久しぶりのトンボです。みんなも大興奮。帽子を振りまわしてトンボを追いかけました。でも飛んでいるトンボはなかなか捕まりません。

汗だくで走りまわっていると、やがてトンボの群れはスーっといなくなりました。

奮闘の結果は、ハヤトが二匹を捕まえただけでした。学童クラブでハヤトが虫かごにトンボを入れていると、デコセンが言いました。

「トンボにいっぱい遊んでもらったんだから、お礼を言って空に帰してあげないとね」

虫かごを抱えたハヤトは帰り道、高台の団地に寄りました。そこの眺めのいい五階の階段から、トンボを空に放しました。

あかね色に染まりはじめた空を、二匹のトンボは羽をキラめかせながら飛んでいきます。

街を見ると、学童クラブのそばで工事用のランプが光っていました。おじさんたちはまだ仕事をしているようです。

翌日、学童クラブの玄関を開けると、デコボコだった土間が平らになっていました。

おじさんたちが仕事のあとで余ったセメントを運び、塗り固めてくれたのだそうです。

雑然としあわせ

九月になり、猛暑もひと段落。秋の気配を感じられるようになりました。人間も植物もホッとひと息ついているようです。

ゆかりさん、今日は仕事が早く終わったので子どもと一緒にスーパーで買い物をしました。店を出たのが午後五時三〇分。

まだ明るかったので、ハヤトが言っていたヤマボウシの実を見に公園へ行きました。

「花は六月頃に咲く手裏剣みたいな白い花だよ」と、ハヤトが教えてくれました。

公園の木立ちに入ると、ハヤトは幹がまだら模様の大きな木の上を指さしました。そこにはサクランボみたいな赤く熟した実がたくさんなっていました。

ハヤトはその幹を登り、実を採ってきました。

「食べられるよ。おいしいよ」

何個か自分の口にほうり込んで、残りをゆかりさんと妹のサヤカに渡しました。

「ええっ、これ、洗わなくていいの?」

「大丈夫、木になっていたんだから……」

そう言われても……、ゆかりさんとサヤカはハンカチで実をふいて、恐る恐る口に入れました。

「あっ、おいしい!」

甘酸っぱい感じに二人が声をあげました。

「この実は落ちると道をグチャグチャにするんで、採ったほうがいいんだって。公園のおじさんが言っていた」

ハヤトは上機嫌で種を口から飛ばします。

アパートに帰ってくると、まず玄関ドアのすきまにかまぼこ板をはさみ、バルコニーのドアを開けはなって、外の風を入れます。

それから、子どもたちと日なたの匂いのする洗濯物をとり入れます。今日は晴天だったので、よく乾いています。それだけで、ゆかりさんの気持ちが明るくなります。

たたむのは子どもたちです。

テレビから『とんぼのめがね』の歌が流れてきました。小学一年生のサヤカが言います。

「トンボもメガネをかけるんだ。虫メガネをかけているのかな」

「バカ！　虫メガネはメガネじゃないだろう」

「バカという人がバカだもんね。バカ！」

兄妹、いつものバトルがはじまりました。

ゆかりさんはすでに台所で夕飯の支度です。口ゲンカで騒いでいる子どもたちを叱りながら、洗濯機を回し、食事をし、入浴をさせ、宿題をせかし、やっと洗濯物を干せます。

夜のベランダからは街灯や家々の明かりが見えます。空にはくっきり三日月です。

ハヤトが幼い日に三日月を見て、「まんまるじゃなくてもキレイ！」と言ったことを思い出しました。

三日月には三日月の美しさがあるんだ。そうなんだ。

叱ってばかりいた子どもたちにやさしい一言をと、脈絡もなく思って寝床へ行くと、二人はもう大きな口を開けて寝入っていました。

雑然とした一日が終わります。ゆかりさんは今夜も一人静かに学童クラブの「連絡帳」を開きます。唯一ホッとする時間です。

子ども料理の日

日曜日の夕方、昼間の仕事を終えた山口さんが、「今夜は楽しみが待っている」と、笑顔で帰ってきました。

日曜日は夜勤がないので、家で小学生の子どもと一緒にゆっくりできます。しかも今日は「子ども料理の日」です。

毎月最後の日曜日は、子どもたちが夕食をつくることになっています。山口さんが材料を買ってきて渡すと、子どもたちは興奮ぎみにテーブルで下ごしらえをはじめます。

子どもたちには、山口さんの料理で好評だったもののレシピを教えてあります。だから山口さんは座って見守っているだけです。

四年生のアキラがゴーグルをつけて玉ねぎを刻みながら弾むように言いました。

「ぼくの絵が学校に飾られたよ。読書週間のポスターだよ、イエーイ!」

山口さんは目を丸くしておどろきました。

「すごーい！　すごーい！　どこに飾られたの」

「階段の踊り場だよ〜ん」

「踊り場って踊るとこでしょ。誰が踊るの？」

一年生のアカネが聞きます。アカネはバナナとチクワを輪切りにしていました。

「知らないよ。踊ってる人、見たことないもん。夜中にキツネが踊ってるんじゃないの」

アキラはアカネの前のチクワの一切れをつまみ、口にほうり込みました。「あっ、ズルした！」と言いながら、アカネもパクリとひとくち。

「踊り場って言えば、横浜の地下鉄に〝踊場〟という駅があってね……」

山口さんがのんびりと話しはじめます。

「昔、そこの原っぱで猫が踊っていたそうよ」

「猫！」、アキラとアカネが同時に叫びました。

「そこの原っぱに夜ごと猫たちが集まって、手ぬぐいをかぶって踊っていたんだって」

二人は料理の手を止めて聞き入りました。

「だけど評判で見物人が押し寄せたため、猫は姿を消してしまったらしいの」

「手ぬぐい猫の踊り、カワイイ！」

アカネがはじけるような声をあげました。

「地元の人たちはその原っぱを〝猫の踊り場〟と呼んでいたの。だからそこに駅ができたとき、駅名を〝踊場〟にしたそうよ」

「昔はここらでも、猫やキツネの踊り場があったんじゃないの」とアキラが言います。

「そうよね、昔は動物と人間がいまよりもっと身近に住み、親しく暮らしていたからね」

さて料理再開。アキラは炒めた玉ねぎにチクワとバナナと水を混ぜ、煮込みます。

煮込んだ具材にアカネがカレールーを割り入れ、ひと煮立ちさせてできあがりです。

アカネが皿にごはんを盛り、アキラが誇らしげにルーをかけます。今回の「子ども料理」は、チクワとバナナの入ったカレーでした。

「おいしい！　踊りたくなるくらいおいしい！」

山口さん、大絶賛です。「ぼくも踊りたくなるくらいうれしい！」とアキラ。

アカネが、「みんなが踊りたくなるから、ここは気持ちの踊り場ね。手ぬぐい猫がやってくるかも」と言ったので、三人で笑いました。

いわし雲

書評を頼まれたので関連の専門書を広げましたが、語句が難解でなかなかはかどりません。気分転換に二階のベランダへ出てみました。

すると、夕方の空一面に淡く白いいわし雲です。ほのかに赤味を帯びた小さな雲がぎっしりと広がっていました。

すいこまれるように見入っていると、ねじりハチマキの谷さんが思い出されました。いわし雲を指して、「イワシ大漁の知らせだ」と私に教えてくれた人です。

貧しい漁師の次男として育った谷さんは、幼い頃から漁の手伝いをし、学校にはほとんど行っていません。六〇歳を過ぎて夜間中学に入学してきました。

「思い返せば、イワシのような人生だった」とよく言っていました。

「周囲から〝いやしい〟〝弱い〟とさげすまれているイワシ。ハマチやマグロに追いかけられ、集団で逃げまわっているイワシ。

俺も同じだった。でもいつの間にか群れから離れた〝はぐれイワシ〟になっていたよ」

谷さんは日雇い労働者として各地を転々としました。仕事もたくさん変わりました。唯一変わらないものがあります。

それは頭に巻いたねじりハチマキです。このねじりハチマキは、七歳で初めて漁船に乗ったとき、父親が教えてくれたそうです。

気持ちが引き締まるからと、授業中も締めていました。日焼けした精かんな顔に白いタオルのねじりハチマキ。とても似合っていました。でも卒業して間もなく亡くなりました。

谷さんの思い出にひたっていると、向かいの家の玄関あたりでにぎやかな声がしました。仕事を終えた母親が、保育園へ迎えに行った女の子と帰ってきたようです。

しばらくして、ベランダに洗濯物を取り込みに来た母親が女の子を呼びました。

「きれいないわし雲よ！　上がっておいで！」

やがて女の子の歓声が聞えました。

「いわし雲がたくさんいる！　動いている！　どこまで行くのかな。おばあちゃんの家のほうまで行くのかな……」

声だけが弾むように聞えてきます。

「お母さん、屋根に黒い猫がいるよ！　いわし雲を見てるみたい」

「あら、ほんと。よく見つけたね。猫もいわし雲にうっとりしているのね。………少し冷えてきたから、そろそろ部屋に入りましょう」

「は〜い、入りましょ」

歌うような返事のあとで、女の子は明るく言いました。

「いわし雲さん、黒猫さん、またね！」

つられて私も「またね！」と小さく返事をしました。女の子に聞こえたかどうか。

ありふれた一日の終わりに、こんなに豊かなひとときと出会えるなんて……、私は幸せな気持ちで部屋に戻りました。

それから、谷さんみたいにねじりハチマキをし、「さあ！」と気合いを入れて専門書を開きました。

すきま風

私は小学三年生の頃、どぶ川の橋のたもとのバラック小屋に住んでいました。畳一枚と小さな土間だけの広さに、母と私と保育園児の弟妹の四人がひしめきあって暮らしていたのです。昭和二八年頃の話です。

冬が近づくと、川は濁った水面に色とりどりの枯れ葉や落ち葉を浮かべます。私は北風が吹きぬける夕暮れの橋から、ゆっくり流れる葉っぱを眺めるのが好きでした。

小屋に入ると、壁板のすきまや節穴から冷たい風が吹き込んできます。ある日、母と一緒にビニール袋を裂いて壁板のすきまを覆い、節穴にもビニールを詰めました。

すると室内はほのかに暖かくなり、みんなの笑顔がはじけました。弟妹は跳ねています。

それから、夕食のふかした芋を食べました。

母子四人が団子のようになって寝ます。

裸電球を消すと、古トタンの屋根のクギ跡から月明かりが、三つ、四つ、こぼれました。それが星のように輝いて見えました。

トタン屋根の星を見ながら、母は満州引き揚げの苦労話をしてくれました。聞きながら私たちはいつの間にか眠っていました。

中学三年生の冬、ハプニングがありました。

私たちのクラス五〇人は音楽室で定期試験を受けました。監督に来たのは、ゴリラというあだ名のコワイ男の先生でした。

試験がはじまると、ゴリラは一番うしろに座っている私のところへまっすぐにやってきました。そして私の横で腕を組み、仁王立ちになったのです。

私は、ゴリラににらみつけられているようで、気が動転し、頭のなかがパニックになりました。なにもやましいことはしていないのですが、心臓がドキドキしました。

試験が終わってゴリラも去り、やっとホッとしました。しかし、答案はさんざんで、ゴリラをうらみました。

つぎの試験の監督に来たのはやさしい女の先生でした。試験がはじまっても教卓から離れないで、ほほ笑みながらみんなを見ています。私は安心して試験問題を読みはじめました。

ところがです。すぐに私は、横から刺すように冷たい風を感じました。見ると、板が少しズレていて、そこから冷たいすきま風が私に向かって鋭く吹き込んでいたのです。

試験の真っ最中です。そのことを先生に伝える勇気はありません。寒さに震えながら泣きっ面で試験を受けました。これまたさんざんな結果でした。

冷たい風のなかを、ムシャクシャした気持ちで帰途につきました。歩きながら、意外なことに気がつきました。

ゴリラが私のそばで仁王立ちしていたとき、寒さをまったく感じなかった、ということです。

ゴリラは試験の間じゅう、私の横に立ち、すきま風を防いでいてくれたのです。

そのことを一言も語ることなく、あたりまえのように教室を出て行ったゴリラ……。私は目頭が一気に熱くなり、涙がこぼれました。

おでんパーティー

差し込む日差しと冴えわたる空の青さに誘われて、少し遅い朝の散歩にでかけました。公園に行くと、雑木林を顔なじみの女の子が三人歩いていました。学校は冬休みです。学童クラブのパーティーで使う落ち葉を拾いに来たそうです。そこへハヤトが低学年の男の子と走ってきました。クモの巣をぐるぐるまきにした小枝を持っています。

ハヤトは公園の時計を見て叫びました。

「ギャー、一〇時。スーパーへダッシュだ！」

二人は走って公園を出ました。相変わらず、走ってばかりいるハヤトです。

そんな二人を見て女の子たちは、「先生から一〇時の特売卵を頼まれてたのよね」「クモの巣ばっか探して、忘れていたんじゃないの」と、笑っていました。

今日は学童クラブでなにか楽しいイベントがありそうです。

茨城の知りあいから私へ干し芋を送ってきていました。散歩を終えたら干し芋のおすそわけを持って寄ってみることにしました。

学童クラブに着いたのは昼頃です。

テーブルを前に子どもたちは興奮気味です。甲高い声が騒音状態で飛び交っていました。

壁の模造紙には「おでんパーティー」の落ち葉文字。床にも落ち葉を散らし、公園で会った女の子たちがVサインをしていました。

「おでんパーティー」の日だったのです。

やがて、ヒデコ先生と手伝いに来ていた女性が大鍋を運んできました。主役の登場です。フタを開けると湯気とともに、おでんのいい香りが広がり、歓声が上がりました。

ところが鍋の中は、きんちゃくおでんだけです。皆はア然です。ヒデコ先生が言いました。

「きんちゃくのなかに、モチともう一つなにかが入っています。それがなにかは食べてのお楽しみ。ダイヤが入っているかもね」

子どもたちはケゲンな顔で、きんちゃくを一つずつ取りました。そして皆で「いただきます！」を言って、不安げにパクリ、そしたら……。

歓声、奇声がまき起こり、踊りだす子や駆けだす子が現れました。子どもたちの不思議なリアクションに、私は大笑いしました。

きんちゃくにモチと一緒に入れてあったのは、大根、卵など、おでんの定番品や、チーズ、ウインナー、カニカマ、明太子、柿、アボカド、ラッキョウ、シューマイ、ヨウカンなどです。

食べたあとでなにが入っていたかを一人ずつ発表しました。入っているはずのない高価なマンゴー、見たこともないフォアグラまで、入っていたと断言して解説する子もいて、そのたくましい想像力に爆笑しました。

そのあと子どもたちは、鍋汁で煮たザク切りキャベツや、ゆでじゃがが、ミカンを食べました。ひたすら騒ぎ、笑い転げた「おでんパーティー」でした。学童クラブでの騒音は、私にはいのちのキラめきに思えます。いつまでも、うるさくキラめいていていてほしいものです。

音を封じ込めたら、ほら、漢字でも、「闇」になってしまいますからね。

黄色いマフラー

駅前商店街を抜けると、高台の団地へとつづくゆるやかな坂道があります。道の両側にイチョウの街路樹があり、晩秋には樹木全体が黄金色の葉に包まれます。ところが今年は台風による塩害で、葉が色づく前に枯れてしまいました。大変なダメージを受けたイチョウですが、真冬の寒空にも枝や幹をまっすぐ天に伸ばしています。その揺るぎない姿から元気をもらおうと、私は土曜日の午後、スケッチブックと色鉛筆を持ってイチョウ坂へ出かけました。

坂の中程に、数年前に閉店した駄菓子屋があります。子どもたちに「十円みせ」と呼ばれ、放課後の子どもでにぎわった所です。

店番のおばあさんはいつもおだやかな笑顔で子どもたちの相手をしていました。病気になり、残念ながら店を閉じたのです。

残された木製のベンチには、いまでも乳幼児を連れた人や高齢の人が休憩にやって来ます。

この日は、子どもたちにコロと名づけられた三毛ののら猫が丸くなって寝ていました。コロの頭や耳や足には大小の傷あとがあります。修羅場を生き抜いてきたあかしです。

ベンチには午後の日差しがやわらかく注いでいます。私はコロの隣にそっと座り、スケッチブックを広げました。

それからイチョウの木とゆっくり向きあう幸せな時間を過ごしました。やがて陽が傾き、坂の上から冷たい風が吹いてきました。

私はジャケットの襟を立て、帰り支度をはじめました。コロはいつの間にか消えていました。

六歳ぐらいの男の子を連れた母親が坂道を上ってきました。宅配マークのジャンパーを着て、黄色いマフラーを巻いています。

ベンチの近くで立ち止まり、「風が冷たいから」とマフラーを子どもの首にかけました。

「いらない！」と子どもは受け取りません。

「風邪ひいちゃうでしょう」と母親が言いますが、子どもは「いらない、いらない」とマフラーを母親に押し戻しています。

「ワガママ言わないの！　風邪ひいたらどうするの！」と、母親は語気強く叱りました。

私も〝こまったもんだ〟と見ていました。

するとその子は泣き声になって言いました。

「マフラーがないとお母さんが寒くなっちゃう。お母さんが風邪をひいちゃうよ……」

一瞬、母親は絶句しました。それから、泣き笑いのとびっきりやさしい声で言いました。

「ありがとう。でも、大丈夫よ。お母さんは大人だからね。あっ、そうそう……」

母親は背中のリュックから白いタオルを引っ張り出しました。仕事用のものでしょう。

それを自分の首に巻き、黄色いマフラーは子どもの首に巻いて、「ほ〜ら、二人とも温かくなった」と顔を見あわせてニッコリ。つないだ手を大きく振って歩きだしました。

夕陽の坂を上る親子。陽だまりのような黄色いマフラー。寡黙に見守るイチョウの木々。

私の心もほんわり温かくなって、冷たい風に向かって大きく背伸びをしました。

「人さらいゴン」

立春はとうに過ぎたのにまだ寒いです。

夕方、背中を丸めて土手の道を歩いていたら、にぎやかな子どもの声が聞こえてきました。

近づくと、学童クラブの子どもたちがお尻にダンボールを敷いて、土手の斜面を滑って遊んでいました。

土手の斜面は見た目より凹凸があって、そこに引っかかったり、バランスを崩したりで、なかなかうまくいきません。あちらこちらで悲鳴や叫び声があがっています。

ダンボールに三人乗りとムチャを実行した子どもは、スタートしてすぐに横転。滑り落ちるダンボールを、「待て！」「止まれ！」と叫びながら追いかけていました。

陽が沈み、あたりが薄暗くなっても子どもたちは大はしゃぎで土手遊びをつづけています。

私は寒さを忘れて見とれていました。

電飾の自転車で通りかかったカウボーイハットのおじさんが、警笛をパァオ、パァオ鳴らし、「遅くまで遊んでいると、人さらいにさらわれるよ！」と叫んで去っていきました。

それをきっかけに子どもたちは潮が引くようにいなくなりました。子どもの姿がなくなった土手は、再び寒く感じられました。

それにしても「人さらい」、久しぶりに聞いた言葉でした。

この言葉、私の二人の子ども（男の子）が保育園に通っていた頃、寝かしつけるための即効の言葉として私もよく使いました。

ある日の夜、絵本を何冊も読んだのに子どもはふざけて寝ようとしません。妻は夜勤で不在です。寝てくれないと私は持ち帰った仕事ができません。

「いつまでも起きていると『ハーメルンの笛吹き男』がやってくるよ」。笛の音で子どもたちをおびき寄せ、一緒にドロンと消えてしまった男です。

でも、話だけでは、ハイテンションの子どもに効き目がありません。すると突然、甲高い笛の音が聞こえてきました。

それがどんどん近づいてきます。

「ハーメルンの笛だ！」と私は叫びました。子どもはあわてて布団に潜り込みました。

それは、偶然やってきたラーメン屋台のチャルメラの音でした。以後、その音は、子どもを寝かしつけるのに絶大な効果がありました。

ところが半年ほどして、その屋台は来なくなりました。チャルメラの音も消えました。しかたなく私は「人さらいゴン」という怪鳥を仕立てあげ、「いつまでも寝ない子どもをさらいに来るのだ」と子どもに説明しました。

ところが子どもは、自分たちがその怪鳥を退治する戦士だと思い込み、怪鳥「人さらいゴン」である私が登場すると、大よろこびでキックやパンチの攻撃をはじめました。気がつくと親子で夜更かしバトルをやっていました。

大人になった子どもは、ハーメルンの笛の音も「人さらいゴン」もおぼえていません。でも私は、親子で「人さらい」の物語にハマった幸せな時間があったことを忘れないでいます。

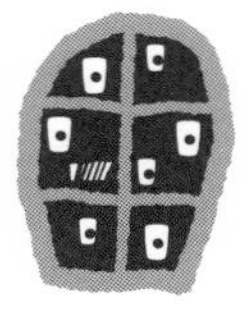

第五章

わたしの青空

春の通学路

今朝は小学校のほうへ散歩に出かけました。

薬局横の駐車場には、黄色い帽子の小学生が集まってにぎやかでした。男の子たちはランドセルの角をぶっつけあってふざけています。女の子たちは野良猫に赤いリボンをつけて歓声を上げていました。

ここは登校班の集合場所です。六年生のハヤトはその班長になり、張りきっています。一年生を連れた母親がハヤトに頭を下げていました。そこへ遅刻の男の子が駆け込んできました。これで八人全員がそろったようです。

登校班が動きだしました。ハヤトは一年生と手をつなぎ、私の前をVサインで通りすぎました。私はその少し後を歩きました。

一年生の母親は、登校班が角を曲がるまで手を小さく振りながら見送っていました。

子どもの列がガヤガヤと路地を通ります。

ときどきハヤトの声が響きました。

「横に広がらない！　一年生を追い越さない！」

庭にいた河田さんが私に話しかけました。

「ピカピカ元気な子どもたちだ。うれしいね。このハナニラの花も元気だよ。太陽の動くほうに向かって動くからね。夜は疲れて寝てるけど。隣はカスミソウ、花はこれからだね」

「カスミソウ」の〝カスミ〟で、私は子どもが小学生の頃の通学路を思い出しました。

その日の朝、私は子ども二人をせかして学校の支度や食事をさせ、玄関で見送りました。

ドアを閉めて、さあコーヒーでも、と思ったとたん、二人が戻ってきました。

「お父さん！　雲がたくさんおりているよ」

「むこうの家もポストもみんな見えない」

「そんなことより登校班はどうしたの？」

登校班の集合場所へは歩いて一分です。

「先に行ってて、とボクが言ったの」

「皆はもう行っちゃったよ」

「そんな自分勝手な行動はダメでしょう」

私はサンダルをつっかけて表に出ました。

一面の朝がすみです。近所がぼんやりおぼろになっています。横を通り抜けた自転車がまたたく間にかすみのなかへ消えました。

「これはすごい。別世界だ。おどろいた」

「だから、お父さんに知らせたかったの」

「向こうから海賊船がぼわって現れそう」

予期せぬ自然の演出に興奮しました。それから朝がすみに心ひかれながらも子どもたちを追いたて、三人小走りで学校へ向かったのです。

ハヤトたちはすでに大通りまで来ていました。そこでもハヤトは叫んでいます。

「白い線の内側を歩くんだ。外側はバツだよ」

交差点でも大声を出していました。

「横に広がって！　青で一緒に渡るよ」

信号が変わると、みんなは白線飛びで横断歩道を渡りました。渡りながら、旗を持って立っている〝安全おじさん〟にあいさつしました。

ハヤトは敬礼、みんなは「おはよう!」。ガオーと〝恐竜あいさつ〟をする子もいました。横断歩道を渡ると桜満開の校門です。ハヤトに手をつないでもらった一年生はゴキゲンで、「♪登校班は楽しいな〜」と歌っていました。

はるなの留守番

澄んだ青空。そよ風にキラめく若葉。春です。新しいことがたくさんスタートしました。

はるなのお母さんは看護師さん。四月から病院の主任になり、はりきっています。

弟のカズはピカピカの小学一年生。新しいことだらけでキョロキョロしています。

はるなは三年生になったけれどパッとしません。担任はコワそうな男の先生だし、仲よしのメグちゃんは別のクラスです。

相変わらずさかあがりができないし、かけ算も七の段が言えません。自分だけ春からとり残されているようで、ツマんないです。

今日はお母さんが「準夜」の日です。「準夜」は、午後四時から一二時までの仕事です。

夕食はお母さんが用意してくれていますが、サラダははるながつくります。材料はいつもの森下青果で買います。

買い物が終わり、お金を払っていたら、奥から森下のおばあさんが出てきました。

「お母さん、夜勤かい。大変だね。ウチのじいさんもお世話になっているよ。あんたが留守番をしっかりやってくれるから、お母さんも患者さんも助かっているのさ。ありがとうよ。あっ、ちょっと待ってな」

おばあさんは奥から草もちを三個包んできて、渡してくれました。留守番で、こんなにほめられたのははじめてです。うれしくて、家に帰るとすぐ仏壇のお父さんに報告しました。

カズはまだ帰りません。いつまで遊んでるのと頭にきた頃、やっと帰ってきました。

自転車のカギを落として探していたそうです。

どこにあったの？　と聞くと、ズボンの後ろのポケットに落ちていた、とフザケていました。

カズが「おなかがすいた！」を連発するので、はるなはコワイ顔をして命令しました。

「洗濯物を取り入れて、たたみなさい！」

テーブルにお母さんのメモがありました。

「おかえりなさい！　こんやはカラアゲです。スープはおナベ、ごはんはすいはんきです。サラダおねがいね。ふうとうはしんぶんしゅうきんの人にわたしてください。　母より」

はるながサラダをつくりはじめたら、お母さんからのいつもの電話です。はるなは森下のおばあさんのことを興奮して話しました。

お母さんは「森下のおばあさんの言うとおりよ。本当に助かっているわ。ありがとう」と言いました。そして笑いながら、「七の段もがんばって」と付け加えました。

七の段！　はるなは急に七の段が気になりました。それでサラダづくりはひと休み。急いで広告紙のウラに何枚も七の段を書きました。

それを、テーブルの上、テレビ台、トイレやお風呂のドア、食器棚に貼りました。

七の段に囲まれて、さあ、サラダづくりです。

カズが「洗濯物はお日様のにおいがするよ」と言いながら二階から下りてきました。

夕食です。炊飯器を開けたら、ふわっとやさしい香り、竹の子ご飯でした。二人は歓声をあげました。はるなは、ふと、「お父さんも竹の子ご飯が好きだったなあ」と思いました。

凧と遊べば

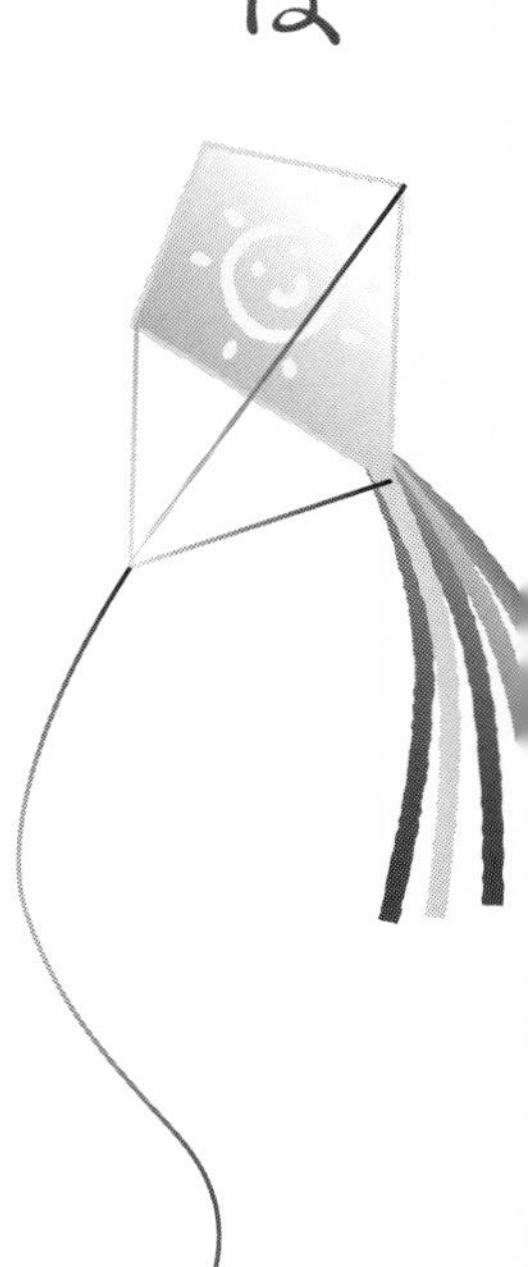

山口さんは帰宅の道で何度かため息をつきました。職場でちょっとしたトラブルがあって、そのモヤモヤからこぼれたため息でした。

でも、玄関先では大きく深呼吸をして、元気よく「ただいま！」と扉を開けました。すぐに「お帰りなさい！」の声がハジけ、子どもたちが飛び出してきました。五年生のアキラ。二年生のアカネ。アキラの同級生のケンちゃんです。ケンちゃんは学童クラブのあと、ときどき、アキラのうちで遊んでいます。

今日は学童クラブで凧や風車をつくったそうです。材料はレジ袋やストローや折り紙などです。子どもたちは自分の作品をわれ先にと山口さんに見せました。

アキラが「公園で凧揚げをしたいなあ」と言うと、アカネも「お母さんと公園で風車を回したいよ」とねだりました。

外はまだ明るいし、公園へは歩いて五分です。でも山口さんは炊事や洗濯が気になります。迷ったあげく、思いきって公園へ出かけることにしました。最近、子どもと遊んでいないのが気になっていたからです。

子どもたちは大よろこび。外に出ると、出会う人たちに大きな声であいさつをしていました。街は夕陽の淡い赤色に染まりはじめています。

公園に着いたら肝心な風が吹いていません。

「あらあら、風さんはお休み？　こまったわね」

山口さんが残念そうに言うと、「でも大丈夫」とアキラがキッパリと言いました。

「〝動けば風はおきる。走れば風はついてくる〟ってヒデコ先生が言ってたよ」

「そうか、私たちが動いて風をおこせばいいのよね。じゃあ、みんなで走ろう！」

ということで四人はタコ糸や風車を手に持ち、スベリ台へ向かって走りだしました。

すると山口さんとアカネの風車が勢いよく回りました。風が生まれているのです。

アキラとケンちゃんの凧も、風をはらんで糸を引っ張ります。ふりむくと、凧は低空を右に左に揺れながらついてきていました。

みんな風を感じながらゴールイン。ハアハア息をはずませて、「ヤッタね、イェイ！」とハイタッチで歓声をあげました。

そのあと、凧と風車をチェンジして走りました。でも、山口さんの凧は地面をズリズリ動くだけであがってくれません。

山口さんは立ちどまり、凧に「グズグズしないの。あがらないと置いていっちゃうよ！」と叫びました。子どもたちは大笑いです。

凧は山口さんの声に恐れをなしたのか、やがてフワリとあがりました。その凧を従えて山口さんは満面の笑顔で走ってきました。

公園にいたのは一五分ぐらいでしょうか。

風と遊んでいるうちに、山口さんのモヤモヤは消えてしまったようです。子どもたちもスッキリした顔で公園をあとにしました。

帰り道、山口さんは街路樹の根元にスックと立つ母子草を見つけました。暮れてゆく今日という日をいたわるように、黄色い小さな花をいっぱい咲かせていました。

わたしの青空

昨夜来の雨はあがり、今朝はきれいな青空です。木の葉は水滴をキラめかせ、草花も生き生き、水たまりは青空を映し、町はシャワーをあびたあとのようにサッパリしています。

今日は朝から、ある雑誌が企画した座談会があります。私は夜間中学卒業生のマサ子さんと出席します。マサ子さんは七五歳です。

指定された会場に時間より早く着いたので、二人で近くのパン屋さんのカフェスペースでコーヒーを飲みました。窓辺の席です。

外を子どもたちの一団がにぎやかに通りすぎました。少し遅れて男の子が二人、のろのろとやってきました。一人はポストの口に手を入れてかみつかれたマネをしていました。

もう一人は、雨はあがっているのに傘を広げてクルクル回していました。紺色の傘でしたが、塗り忘れたみたいに色のない透明な部分がありました。あれはなんだろう？

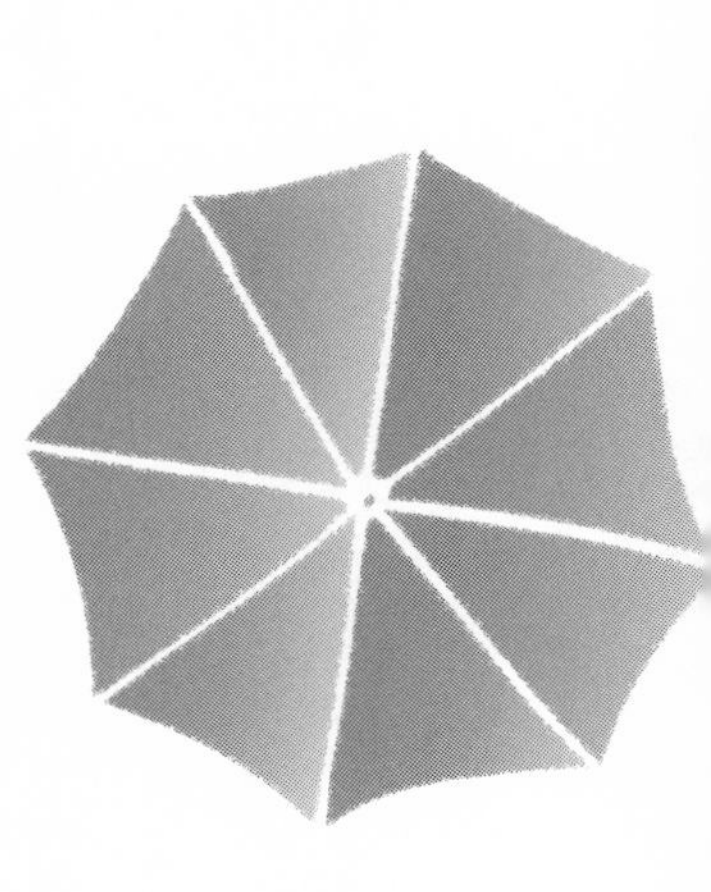

マサ子さんに尋ねると、安全のために前方が見えるようにした窓だそうで、「小学生の孫の傘にもついている」と教えてくれました。

そのあと、マサ子さんは雨傘の思い出話をしてくれました。こんな話です。

＊　＊　＊

マサ子さんが小学生のとき、父が病に倒れ、事業にも失敗。母の内職だけで家族五人が暮らしていました。学校に納めるお金はなく、傘は捨てられたものを拾って使っていました。家に満足な傘は一本もありません。雨が降ると、少しでもマシな傘をきょうだいで奪いあいます。末っ子のマサ子さんはいつもボロの破れ傘をさして家を出ました。恥ずかしくて、みんなより遅れて学校に行きました。

中学一年生の秋、親戚の家に住みこんで子守りや家事の手伝いをしながら夜間中学に通うことになりました。別れの日、無口な父が、「これ……」と渡してくれたのが中古の頑丈な雨傘でした。

それが父と交わした最後の言葉になりました。その半年後に父は亡くなったのです。親戚の家でもつらいことやくやしいことがたくさんありました。でもひたすらガマンしました。そして、雨になると人のいない川土手に出かけ、父の形見の傘の中で思いきり泣きました。

雨が降る日の傘の中、そこだけが安心して自分に戻れる場所だったのです。

マサ子さんは五年前に四〇年勤めた清掃の仕事を退職しました。娘がお祝いだとレストランに誘ってくれ、小学生の孫娘二人も空色の折りたたみ傘をプレゼントしてくれました。

マサ子さんが傘の壊れた取っ手をガムテープで補強していると知って、二人のお小遣いをあわせて買ってくれたのだそうです。

＊　＊　＊

「これ！」とマサ子さんはバッグからその折りたたみ傘を出しました。ワンタッチで、パッと明るい空色のドームができました。

白い雲がいくつか描かれていて、見上げると空色はどこまでも高い天空に思えました。

「この傘は〝私の青空〟なの。どしゃぶりの雨でもこの傘があれば大丈夫。ワンタッチで私の青空が広がるのよ」

マサ子さんは晴れやかな笑顔でした。

はじめての電車旅

昼すぎ、駅前のコーヒー店に入ろうとしたら、改札口に古川さんがたたずんでいました。古川さんは高台の団地に住む六〇代の女性です。

声をかけると、「孫が、予定した電車に乗ってないのよ」と不安顔です。

小学二年生の兄と四歳の妹が、夏休みの一週間を古川さんの家で過ごすそうで、はじめての子どもだけでの電車旅でやってきます。

乗車時間は乗り換えを含めて約二時間。迷ったら駅員さんに聞くように言ってあるそうですが、「チビッ子たちだから」と古川さんは心配です。

「まだ着かないよ」と娘さんに電話したら、「今日中には着くよ」と笑っていたそうです。

古川さんの夫は、この三月に亡くなりました。野の草花が好きな人で、私もよく名前を教えてもらいました。そんな思い出話をしていると下り電車が到着しました。

改札を出る人並みが途切れかかった頃、孫たちが現れました。二人とも麦ワラ帽子をかぶり、リュックサックを背負い、首から水筒をぶら下げています。兄は妹の手をしっかり握り、「ばあちゃん!」と叫びながら小走りで駆けてきました。

改札口を出た二人を、古川さんは抱きしめ、頭をなで、「よくがんばった!」と、何度もほめていました。

「あのね、あのね」と二人はわれ先に話をはじめます。

乗り換え駅のホームで電車を待っていたら、おばさんがベンチに紙袋を忘れたこと。二人で追いかけて紙袋を渡したら、よろこんだおばさんがアメ玉を袋ごとくれたこと。

トイレを探してうろうろしたこと。トイレをすませてホームに下りたら、乗り換えの電車が出ちゃったこと。駅員さんが電車に敬礼をしていたこと。それを二人でマネしたこと。

駅員さんにつぎの電車の時刻を聞いたら、「子どもだけでエライね」とほめられたこと。電車の「上り」についてや、線路に小石が敷いてあるわけを教えてもらったこと、などなど、興奮気味に話していました。

妹が「じいちゃんのお墓へ」とリュックから小さな花束を取り出しました。ツユクサの花束で、今朝、空き地で摘んだそうです。

でも、ツユクサは朝咲いて昼にしぼむ花です。花束は花がしぼんで葉だけになっていました。

泣きだしそうな妹に古川さんが言いました。

「笹の葉みたいなこの葉っぱ、キレイよね。じいちゃんは昔、この葉をおひたしにして食べたんだって。じいちゃんはツユクサの全部が好きで、地べたにはいつくばってスケッチしていたよ。花束、じいちゃんは大よろこびだよ！」

私は三人と別れてからコーヒー店に入り、スマホでツユクサの画像を呼び出しました。

夏空の青を吸い込んだような深い青色の花が、薄い緑の葉のなかに咲いていました。見ていると、私もその場にしゃがみこんで、ツユクサと向かいあっているような気がしました。

明日は早起きして、ツユクサに会いに行こうと思いました。

フリマの親子

駅近くの広場でフリマ（フリーマーケット）が開かれていました。軽快な音楽に呼び込みの声、地元の「ゆるキャラ」も登場してにぎやかです。

入り口あたりで、若い母親が四、五歳ぐらいの男の子を激しく叱っていました。

「時間がないの。風船を待っていたら買い物できないでしょう。いつまでも泣いているんだったら、置いていくからね」

男の子は「ゆるキャラ」が配る風船がほしかったみたいです。でも母親は、時間的にも、気持ち的にも余裕がなかったのでしょう。泣きつづける子どもを置いたまま、歩きだしました。子どもは母親を追いかけ、その足にしがみついて悲鳴のように泣きました。

母親は止まり、その場にしゃがんで子どもになにか話しはじめました。それからしゃくりあげている子の涙をハンカチでふいて、手をつないで人混みへ消えていきました。

フリマで一番活気があったのは、テントを張った飲食店の出店です。かき氷の店には行列ができていました。

私は紙コップのコーヒーを買って、休息コーナーのイスに腰をおろしました。そこには長テーブルがあり、小学校低学年らしい女の子が一人、黙々と折り紙を折っていました。

女の子の前には『平和の折り鶴をヒロシマ・ナガサキへ』と書かれた段ボール箱があり、そばに色紙が置いてありました。

しばらくして父親がかき氷を一つ、大事そうに持ってきました。私が道をあけると「すみません」と軽く会釈をしました。

父親がかき氷を置くとすぐに、女の子は手のひらにのせた折り鶴を見せました。

父親はにこやかに笑いながら両手を上げ、手のひらを顔の横でヒラヒラさせました。

あっ、このしぐさ！　ピンときました。手話です。手話で「拍手」をしているのです。

先週、手話サークルの人に習ったばかりでした。うれしくて私もヒラヒラしてみました。

女の子は耳が不自由だったのです。

それから親子は、二人の真ん中に置いたイチゴ色のかき氷を、おでこをくっつけるようにして食べていました。ときどき、顔を見あわせてニッコリほほ笑みます。

かき氷を食べ終えると、寄りそうように折り鶴を折りはじめました。

しあわせな光景でした。私はその余韻を胸に、フリマを見て歩きました。

なんでも一〇円の子どもの出店があって、保育園の年長らしい女の子が、「買ってくれたら似顔絵を描いてあげるよ！」と叫んでいました。

帰りがけ、駅前でかき氷の親子を見かけました。楽しそうに手話で話をしています。

そこへ母親らしい女性が小走りでやってきて、大きな声で言いました。

「先生！　お世話になりました！」

先生？　えっ、あの人は父親でなくて、先生！　何度もお礼を言われ、照れているその人を見ながら、私はうなってしまいました。

送電線のかなた

夕方の用事でイチョウ坂を下ろうとしたら、そよ風が吹いてきました。気持ちのいい風だったのでベンチでひとやすみしました。

街は明かりがともりはじめ、紅白に塗られた送電鉄塔の先端にも赤い電球が点灯しました。

電気工事士のゲンちゃんによると、高さ六〇メートルを超える鉄塔は紅白の塗装をしなければならないそうです。

もう一〇年も前のことですが、私はゲンちゃんからこのことを聞いて、この街にも何本かの紅白鉄塔があることに気がつきました。

当時五〇歳だったゲンちゃんは、おでん屋でこんな話もしてくれました。

「この送電線を西にたどれば、森があって、山があって、川があって、水力発電所に行き着く。そこはオイラの故郷。空気も水も澄んでいるところ。いまごろは秋祭りのおはやしをケイコしているだろう。ピーヒャラってね」

　ゲンちゃんからは故郷の味だと自然薯（じねんじょ）をもらったこともありました。

「発電所は遠いから、電気がここに届くまではずいぶん時間がかかると思うだろう。ところが電気の速度は光の速さと同じで、山奥の発電所で生まれた電気でも、一瞬にして都会の家庭にも届くのさ。すごいだろう」

　熱く語ってくれたゲンちゃんは五五歳で早期退職、故郷へ帰りました。いまごろは村の神社でピーヒャラやっていることでしょう。

　さて、そろそろ行こうかと立ちあがったら、そこへ中川さん親子が自転車を引っ張って、にぎやかにイチョウ坂を上ってきました。中川さんはシングルマザーで三人の子どもを育てています。

　ハンドルは中川さんが支え、小学三年生のハルオと一年生のエリが後ろの車輪を両方から持ち上げ、それを四歳のユタカが押しています。

　自転車が故障のようです。でも子ども三人は、「エイホッホ、エイホッホ、エイホッホのオナラ！」「エイホッホのランドセル！」と、かけ声しりとりで盛りあがっていました。

　自転車の前カゴは食材のレジ袋と葉つきの大根で満杯です。中川さんはハンカチで汗をぬぐいながら、笑って言います。

「スーパーで、特売だ、半額だ、と走りまわっていたら、子どもにあずけた自転車のカギが行方不明。仕方がないので、ウチまで引っ張っていくことにしたの。まあ、子どもと一緒だと、毎日がテンヤワンヤ。でも、そのテンヤワンヤが私の生きがいなんだよね」

突然、ポン、ポンと、打ちあげ花火の音がしました。みんな、空を見ました。花火は見えません。方角が違うようです。

でも高い鉄塔の先端ではそれぞれが赤い電球を点滅させていました。それはまるで楽しくおしゃべりをしているようでした。

「出発するよ！」、中川さんが叫びました。

親子は自転車を囲み、子どもたちは再び、「エイホッホのヤー！」と、かけ声をかけ、花火みたいにハジけながら歩いていきました。

私も負けずに、「♪夕空晴れて　秋風吹き〜」と口ずさみながら、イチョウ坂を下りました。

地べたの誇り

空が澄み、山々がぐんと近くに見えます。久しぶりの長崎です。母の墓参りを終えた昼下がり、市街地へ散歩に出かけました。

楽しみは路上で物売りをしているおばさんと交わす長崎弁でのおしゃべりです。ところがいつもの場所におばさんがいません。そこには「物売り禁止」の立看板と即席の花壇が並んでいました。

母が亡くなって間もない頃、ここで魚や水仙や夏みかんを売っていた小柄なおばさんと話しこんだことがありました。

「こげん地べたの商売ば四〇年つづけてきたばってん、三人の子はみんな大きく育てたよ」

おばさんは晴れやかに誇らしく言いました。

私の母も、日雇いの仕事をしながらシングルで三人の子どもを育てました。働きづめでした。母もこんなふうに自分の子育てを誰かに誇らしく話したことがあったのだろうか。そんなことを考えながら川沿いを歩くと、かつてヤミ市だった市場に着きました。

人影はまばらで、シャッター店が数多くあります。八軒ほどが営業していました。魚屋、八百屋、洋裁店、総菜屋、日用雑貨店、靴の修理屋……。

手押し車を押してやってきた女性は、洋裁店の前のイスでひと休みです。店の女性がお茶を入れ、二人はゆっくり話しはじめました。

「どげんしとっとね、とうちゃんな」

「仕事は休むばってん、酒は休まんとよ」

笑い声がはじけます。路上は子どもが描いた人形や電車や線路の絵でにぎやかです。

「にいちゃんな、どこに行きなさっと？」

総菜屋の女性が私に声をかけました。迷いこんだと思ったのでしょう。

夕方になると、この総菜屋と隣の空き店舗は、仕事帰りの母親が買い物をすますまで、子どもたちの遊び場になるそうです。

ど派手な服を着た若い女性が急ぎ足でやってきました。「これ、子どもに！」と、包みを総菜屋の女性に渡すと、「じゃあ！」と風のように去っていきました。総菜屋の女性が言います。

「家族のようなもんばい。ウチは一人暮らしばってん、こうやってみんなが寄ってくれるけん、店におるときが一番幸せたい」

すぐにまた若い女性がやってきました。近辺のスナックで働いているそうです。

「できとる？　おなかすいた！」。甘えるような声、夕食弁当の受けとりに来たようです。

私が、「ここは支えあいが自然で、地に足がついている感じ……」と言うと、総菜屋の女性は、

「ウチはまな板にも足がついとるとよ」と笑いました。足つきまな板。昔、地べたで調理していた頃の名残りのようです。

店の奥の棚に白いマリア像が見えました。原爆で被災した女性がこの市場に避難して生計を立てたと聞いたことがあります。

戦後の復興は、こういう女性たちによっても支えられていたのですね。

「長崎は坂の多かけん、休み休みまわらんば……」。気づかってくれる総菜屋の女性のやわらかな口調に亡き母の面影が重なり、ほのぼのとした気持ちになって市場を出ました。

石ころコロコロ

秋も深まった日の夕方、ランドセルを背負って石を蹴りながらやってくるアキラに会いました。下ばかり見ているので、途中で、「ワッ」とおどろかしたら、やっと私に気づきました。アキラは石を手に持ち、「バアちゃんの法事で田舎に行ったよ。海のそばだよ。この石拾ったよ」と弾むように話しかけてきました。

「今日はお母さんとスーパーで待ちあわせ、だけど早く来すぎちゃった」と言うので、近くのベンチに座って田舎の話を聞きました。

＊　＊　＊

……朝起きると、カズおじさんとボクと妹のアカネの三人で浜へ散歩に出かけたんだ。

曇り空。誰もいない砂浜。寒々とした海。おじさんは「浜の空気はウマイなあ」と叫んでたけど、ボクはアクビしながら歩いていた。「クジラが見えないかな」とボクが言ったとき、

アカネが「かわいい!」と立ち止まった。

指さす先を見ると、波打ち際に色とりどりの丸っこい小石が帯みたいに延びていた。

大喜びのアカネはしゃがんで、お母さんへのおみやげにするんだと小石を集めはじめた。

波の音に混じって、少し離れた、石がたくさんある河口あたりからカラカラと音が聞こえてきた。

風もないのに不思議だと思い、おじさんに「石が声を出しているの?」と聞いてみた。

おじさんは、「小石だから、母ちゃんこいし、母ちゃんこいし、と泣いているのさ」とダジャレで答え、一人でウケていた。

河口に行くと、卵ぐらいの大きさの石たちが川の流れでぶつかりあって音をたてていた。

「丸っこい石が多いのはどうして?」とおじさんに聞くと、今度はまじめに答えてくれた。

「何百万年前、山の岩石が崩れてカケラになった。カケラは生まれた地層によって色や種類が異なっていた。それが壮大な時間をかけて山を転がり川に流れて、ほかのカケラと何度もぶつかりひっくりかえってカドがとれ、やっと丸っこい形になったんだ」

ということは、このあたりにフツーにある石も何百万年の歴史があるんだ。スゲー。パッとしない浜だと思ったけど、すごいドラマを持ってるんだと感心した。

おなかをすかせて浜から帰ると、おむすびと五目豆が待っていた。五目豆はバアちゃんの得意料理だった。お母さんが、バアちゃんの手順を思い出しながらはじめてつくったそうだ。鍋のフタを開けると、小指の頭くらいの大きさに刻んだニンジンやシイタケやコンニャクや鶏肉が、大豆と一緒に煮あがっていた。それは浜の小石たちのようにカラフルでにぎやかだった。

バアちゃんはいつもボクたちに「なに食べたい」と聞いていた。それでボクが逆に「バアちゃんの好きな食べ物はなに？」と聞いてみた。

バアちゃんは「皆がおいしそうに食べる顔を見るのが一番の好物だよ」と笑った。

お母さんの五目豆はおいしかった。バアちゃんの言葉を思い出しながらガツガツ食べた。

＊　＊　＊

……アキラの話に引き込まれ、気がつくともうアキラのお母さんが来る時刻。私はあわててアキラにお礼を言い、帰途についたのでした。

フリータイム

ショッピングモールは年末の客でにぎやかです。私は、予約していた本を二階の書店で受けとり、エスカレーターで下りました。

そこでカートを押してスーパーへ向かう山口さんを見かけました。声をかけると、パッと明るい表情になりました。

「仕事、来年もつづけられることになったよ！」

山口さんは、クリーニング店のパートで働きながら、二人の子どもを育てています。

「今年は体調を崩して何度か欠勤したし、仕事のミスもあったから、クビを心配していたの。継続できて本当にほっとしたよ」

そう言いながら、私にニッキ飴をくれました。

「昨日は朝から店の大掃除。でも作業がはかどって昼には早じまい。午後は完全なフリータイムになったの」

山口さんはこの機会に、やりたかったことをやろうと思ったそうです。それは、最近開店したオシャレなカフェでコーヒーを飲み、自分だけの時間をボーッと過ごすゼイタクです。

「でもそのカフェに入ったら、なんだか自分の格好がみすぼらしく思えておちつかないの。仕方がないからコーヒーが来るまで、エコバッグを広げたりたたんだりしていたよ。

そのエコバッグは、三年前の『母の日』に、子どもからはじめてプレゼントされたものなの。うれしくて、包装紙は折りたたんで、いまもアルバムに挟んでいるよ。

エコバッグをいじっていたら、子どもの顔が浮かんでくるのね。それで、コーヒーを飲み終えると、すぐにカフェを出ちゃった。

外は寒かったけど、子どもへの思いが心をほんわり温かくしてくれて、スーパーへ直行よ。こうしてオシャレにボーッとの夢は消え、スーパーでひたすら値引き食材を探しまわっていたわ。私ってやっぱり貧乏性よね」

そして山口さんが家へ帰ると、玄関のドアの取っ手にビニール袋がぶら下がっていたそうです。

中には新聞紙に包まれたリンゴが五個とリンゴ園のチラシが入っていました。チラシのウラには、「おかえり！　これ、わけありリンゴ。タク」と太い字で書いてありました。「タク」は、山口さんの二歳年上の兄の名です。

定職につかず各地を転々として、趣味の写真を撮っているそうで、たまに気が向くと、山口さんの家に立ち寄ります。

「わけありリンゴ」は、少しキズや色ムラがあるだけで、味や品質に問題はありません。山口さんは子どもと一緒に、そのリンゴで、〝リンゴのパンケーキ〟や〝リンゴのコロコロサラダ〟などをつくりました。

皮を長くむく競争で笑いころげ、とにかく楽しくにぎやかに、おいしくつくれたそうです。

「それじゃあ……」と、山口さんが片手を上げてサヨナラをし、カートを押しはじめました。スーパーでタイムセールがはじまるようです。カランカランと合図の音が響いています。

私はあわてて「またね！」と叫び、ニッキ飴を握りしめたまま、山口さんの後ろ姿に大きく手を振りました。

雪が降ってきた

今日の天気予報は小雪でしたが、まだ雪は降っていません。午後五時少し前に、コンビニに資料のコピーをしに出かけました。

「らしゃーませ」

アルバイトのベトナム人留学生の明るい声に迎えられて店内へ入りました。コピー機は空いていたので、作業がはかどりました。

コピーした資料を整理していたら、顔見知りの小学生が二人、入ってきました。私に向かって、「雪だよ。雪が降ってきたよ！」と大声で教えてくれました。

窓を見ると、ふわふわと雪が舞っています。

「本当だ！　雪だ！　初雪だ！」

私が叫ぶと、二人は満足げに笑い、そして「『ブタメン』！　『ブタメン』！」と唱えだしました。「『ブタメン』ってなに?」と尋ねると、「あとで教えてあげる」と店の奥へ急いで入っていきました。

二人は学習塾のカバンを背負っています。会計をすませてからコピー機のところへやってきて、「おじさん、『ブタメン』はこれ」と見せてくれました。

フタにブタの顔の絵が描いてある小型のカップ麺でした。塾で人気で、おなかがすいている授業の前に食べるそうです。一気に話すと、二人はダッシュで塾へ向かいました。

「初雪! 初雪! 『ブタメン』だ!」と、おどける声が聞こえてきました。

コピーが終わったので、コーヒーコーナーでひと休みです。一〇〇円コーヒーをゆっくり飲みながら、窓から初雪を眺めていました。

夕刊の配達を終えたみき子さんがやってきました。「雪ですね」と言いながら、ヘルメットと雨がっぱを脱いで、コーヒーを入れます。

「ああ、あったかい! おいしい!」

窓からの雪を眺めながら、両手でコーヒーのカップを包むようにして飲んでいます。一九歳です。

タオルをマフラー代わりに首に巻き、迫力のあるゴム長靴をはいています。ゴム長靴は父親が、雨や雪を心配して履き慣れたものを送ってくれたそうです。

「私の故郷は鉄棒もまげてしまうくらいのドカ雪が降るところ。冬になると、学校の鉄棒は外してしまう」とみき子さん。このゴム長靴は、そんな雪国で大活躍していたそうです。

その話を聞いて私は、テレビドラマ『北の国から』の一シーンを思い浮かべました。

「北の国」から主人公の兄妹が上京、知人に新しい靴を買ってもらうことになりました。靴屋は、兄妹の古い運動靴をポイッとクズ箱に捨てました。すり切れたところを父さんが縫い、底がはがれるとボンドで補修し、そうして二人の足を守ってくれた靴です。こんなに無造作に捨てていいものだろうか。夜、兄妹は靴屋のわきのゴミの山で、捨てられた靴を懸命に探します……。

みき子さんは去年、高校を卒業し、住み込みで新聞配達をしながら、デザイン学校に通っています。一日中走りまわっているようだと嘆きますが、故郷を出ての一人暮らしも、間もなく一年。あと一年で卒業です。

窓の外は淡い初雪が降りつづいていました。

星降る夜に

駅ビルの掲示板に、オリンピック開幕までの残り日数が大きな数字で掲げられていました。私がそれを見ていたら、中山さんが笑いながらやってきました。

「私は毎日がオリンピックのアスリートよ！」

中山さんは調理師。今日は仕事が早く終わったそうです。駐輪場へ歩きながら、そのアスリートぶりを聞きました。

「仕事が終わると、小走りでこの駐輪場へやってきて、自転車で娘の待つ保育園へ一直線。全力で飛ばしても、いつもお迎え時間ギリギリになる。娘を自転車に乗せると、今度はスーパーへ買い出し。終わると再び自転車に乗り、高台の団地へ走る。坂道は途中から自転車を降りて押し、団地にはエレベーターがないので、三階のわが家まで階段を上る。毎日が山登りよね。

ウチに入ると、すぐ夕食の準備。合間に洗濯機を回し、風呂場を洗う。走り、自転車をこぎ、階段を上り、水仕事をする。これってトライアスロンをやっているようでしょう。だから私はアスリート！」

「なるほど」と私は感心しました。

私が駐輪場所から自転車を運び出したら、出口でまた中山さんに会い、そこでもすてきな話を聞かせてもらいました。

「いつも九時には子どもを寝かしつけているの。ある夜、仕事で疲れはてて、子どもを寝かせながら私も寝ちゃった。

目が覚めたのが、午前零時よ。

あわてて洗い残した食器の始末をしようと立ちあがり、ふと、洗濯物も取りこみ忘れていたことに気がついたの。

それでベランダへ出たら、夜の闇に取り残された洗濯物が冷凍状態よ。洗濯物に申し訳なくて、忘れた自分が情けなくて、泣きたい気持ちだったわよ。

そんなとき、そばにある木が気になったの。葉っぱを全部落として枝だけになった木。痛々しいなあと見上げたら、上のほうの枝に、光がぽつんぽつんと輝いているのよ。

あの光はなんだろう。夢を見ているのかしら。それとも錯覚？　不思議に思い、目をこらしてよく見たら、それは星のきらめきだった。

木の枝の隙間で星がまたたいていたのよ。びっくりして、寒さを忘れて見とれちゃった。空を見ていたら、暗さに目が慣れてきて、星がたくさん見えてきた。その星を地上にまいたように住宅地にも明かりが無数にともっていた。

ガソリンスタンドやコンビニのネオンも輝いていて、高架を走る電車の明かりの列は、そのまま天空へ向かいそうだった。

真冬の午前零時。まだ働いている人がいるんだ！　そのことに感動し、冬の星の美しさにはげまされ、ドジな私だけどがんばろう！　と脈絡もなく思った、ってわけ」

話し終えると中山さんは、「つきあってもらってありがとう」と笑顔で礼を言い、じゃあね！と自転車に乗り、弾むように北風のなかへ飛び出していきました。

あとがき

私は散歩が大好きです。出かけると何かしらの出会いや発見があります。

昨日の朝は、箱型の台車に乗っている保育園児たちと出会いました。「おはよう！」と声をかけたら、盛大に手を振ってくれました。

保育士さんが押しているその乗り物は「避難車」と言うのだそうです。

「避難車」とはずいぶん味けないゴツイ名前です。せめて「遊覧車」とか「笑顔号」にすればいいのに……、とブツブツ思いながら土手へ向かいました。

土手に上がると桜並木は満開です。花は青空に映えてため息がでるくらいきれいでした。

少し歩くと、重そうなレンズ付きカメラを宙に構えている男性がいました。

「見事ですね！」

声をかけると、その人は、カメラをおろして、うれしそうに言いました。

「ええ、花も葉っぱもないけど、実に堂々として気持ちイイですね。これ見よがしにもったいぶらない……」

えっ、花も葉っぱもない？　堂々？　もったいぶらない？　何のこと？　桜のことじゃなさそうだし……。

「あそこに枝だけの木が見えるでしょう」

指差す先、桜の花の重なりの向こうに大きな木が見えました。葉のない枝が天に向かってバンザイの格好をしています。

「イチョウの木です。イチョウって、恐竜時代にも生きていたから、花や葉っぱがなくても威厳を感じますね。まあ、太古のロマンみたいなものですよ」

カメラおじさんは四季おりおり、イチョウの木しか撮らないそうです。その思い入れに感心しながら、お礼を言って別れました。

歩きながら、私は恐竜についていろいろと気になりました。

イチョウの葉が扇形なのは、恐竜が葉っぱの半分をかじったからではないか。

でも恐竜の大きな口で、どうやって葉っぱや実を食べるのだろう。あの一〇メートルを越える大木の葉や実を食べる恐竜って、どれくらいの身長があったのだろう。

恐竜の顔はあの交差点の信号機の上くらい？　いや電信柱の上くらいかなあ……、あれこれ想像しながら歩きました。

恐竜と一緒に散歩している気分でした。

夕方、学童クラブの指導員さんに用事があったので、午後四時過ぎに出かけました。

学童クラブの玄関先では男の子が、女性の指導員さんを前にして、うなだれていました。

何かワルさして叱られているのだろう、と思って近づくと、シャツのゆるゆるになったボタンをつくろってもらっていました。

男の子は神妙にその針先を見ています。

「これでヨシ！」背中をポンと叩かれて、ボタンの補強は終わりました。

男の子はふざけて両手でケイレイをし、

「ありがとうございました！」と叫んで、皆のいる公園へ走って行きました。

入れ替わりに給食袋をぶらぶらさせながら男の子が入ってきました。伏し目がちでサエない表情です。

指導員さんが「お帰りなさい！」と大きく声をかけました。

すると、その子は顔を上げ、パッと明るい表情になって、「ただいま！」と笑顔で上がってきました。

先に帰ってきていた子たちも口々に「お帰りなさい！」と、にぎやかなあいさつです。

子どものなかには、学校でストレスをため、緊張して帰ってくる子や、エネルギーを使い果たし、重い足取りで帰ってくる子もいます。

その子たちが、「お帰りなさい！」の魔法の言葉で、ふわっと子どもの世界に入ります。自分が主役のドラマの始まりです。

この日の学童クラブは大部分の子が公園へ遊びに出かけていました。室内に残っていた子どもは思い思いにくつろいでいます。

指導員さんにくっついている子。寝そべってマンガを描いている子。手足をクネクネさせながら踊りの振付を考えている二人組。

二階への階段の途中に座って本を読んでいる子。古新聞や雑誌が束ねて置いてある場所にもぐりこんで、寝ている子……。

いつもの通りのマイペースな雑然さで、子どもがしっかり子どもの顔になっていました。

私の子どもが通っていた学童クラブは、裏がゆるやかな傾斜地になっていて、雑草が生い茂っていました。

そこに男の子三人で畳半分ぐらいの秘密の基地を作っていました。拾い集めた廃材で屋根と囲いを作ったそうです。

狭くて押しくらまんじゅう状態だったそうですが、それが楽しいと言っていました。

雨の日でも雨漏りがする基地に出かけ、傘をさしてマンガを読んでいたそうです。

ウチでは学校の話はそっちのけで、秘密基地や学童クラブのことばかりを興奮して話していました。

もともと子どもは、大人の思惑と関係なく、自分で自分の心の居場所を探しながら成長していくものなのでしょう。

子どもには子どもの楽しみがあり、子どもの哀しみがあるのだと思います。

世の中から原っぱや広場が消えて久しいです。でも私には学童クラブの存在そのものが今どきの子どもたちにとっては、大切な心の原っぱであり、心の広場なのだと思えます。

午後五時になると、低学年の子を迎えに親たちがやってきます。職場から自転車で直行して一年生の息子を迎え、Uターンして娘の待つ保育園へ急行する、というあわただしい母親もいました。

そんな親たちに、指導員さんが「お帰りなさい！　お疲れさま！」と、ねぎらいの言葉をかけていました。

その言葉は、疲れている親たちや落ち込んでいる親たちの心に染みるでしょう。

そうでなくても、その言葉で一息つけ、炊事、洗濯、入浴などの第二ラウンドへ向けて元気が出てきそうです。

でも、指導員さん自身は誰に励まされているのでしょうか。ベテランの女性指導員さんに聞いてみたことがあります。

「それはカンタン。私には〝お帰りおやつ〟という強力な味方がいるのよ。二粒のチョコレートとハーブティー、今夜もウチの戸棚で私の帰りを待っている！」と笑っていました。

学童クラブからの帰り道。夕陽が射してきた小さな児童公園の前を通りました。

スベリ台のところに、二歳ぐらいの男の子と母親がいました。

男の子は、手すりにつかまって、ヨイショ、ヨイショと階段をのぼっていきました。

のぼりきると、夕陽が身体を染めて、ステージに立つスターのようでした。

たった一人の観客である母親に手を振り、

「いてきましゅ」と叫びました。

母親が「いってらっしゃい！」と手を振ると、スーッとすべり下り、上手に着地できると大喜びで母親のところへ戻りました。

「よくできたねえ！」と母親にほめられてハイタッチです。するとまた、はじけるようにスベり台の階段へ走っていきました。

「いてきましゅ」は、母親との小さな別れの決意表明です。

これから先、この子は何度も小さな別れを経験し、時には笑い、時には泣き、やがて、母親から離れて独り立ちしていくのでしょう。

月刊『日本の学童ほいく』で五年間にわたる連載のあいだ、編集部の大前朋子さんには大変お世話になりました。最初に原稿を依頼していただいて以来、担当として、適切で、丁寧なアドバイスを毎回いただきました。心よりお礼を申し上げます。

高文研の飯塚直さん、仲村悠史さんには、エッセイたちに単行本という形でもう一度晴れの舞台を与えていただきました。本のデザインと挿画は月刊『日本の学童ほいく』でもお世話になった妹尾浩也さんです。ありがとうございました。

また、この本作りに関わって下さった皆様、仮名ではありますがこの本に登場していただいた皆様に感謝します。

本書を読んでくださった皆様にも、お礼を申し上げます。

二〇二〇年四月

松崎運之助

松崎運之助（まつざき・みちのすけ）
1945年11月、中国東北部（旧満州）生まれ。長崎の中学校を卒業後、造船所に就職。働きながら定時制高校、夜間大学を卒業。東京の夜間中学に勤務。2006年、定年退職。
◆主な著書
『学校』（晩聲社・幻冬舎文庫）、『母からの贈りもの』（教育史料出版会）、『ハッピーアワー』（ひとなる書房）、『路地のあかり』（東京シューレ出版）など多数。

こころの散歩道（さんぽみち）

発行日　2020年6月15日　第1刷発行

著　者　松崎運之助
発行所　株式会社 高文研
東京都千代田区神田猿楽町2-1-8
三恵ビル（〒101-0064）
電話　03-3295-3415
http://www.koubunken.co.jp
印刷・製本　中央精版印刷株式会社

★万一、乱丁・落丁があったときは、
送料当方負担でお取りかえいたします。

ISBN978-4-87498-722-3 C0095